영원을 찾아서

영원을 찾아서

하라다 마하 장편소설 ◆ 문지원 옮김

당신의 '영원'은 무엇인가요?

새가, 날아갔다.

내가 지금보다 더 어릴 적에.

왜 날아갔는지 도통 기억나지 않는다. 진녹색 카나리아, 울지 않는 카나리아였다.

새의 이름은 토와. 내가 지어 준 이름이다. 엄마 이름 '토키에'의 '토'와 내 이름 '와온'의 '와'. 두 이름의 머리글자를 따서 붙였다.

1년 정도 길렀나. 기르는 동안 한 번도 지저귀지 않았다. 퍽 예뻐하며 열심히 돌봤다. 울어보라며 불러도 봤다.

자, 토와, 울어봐. 눈치 볼 거 없으니까. 울면 유채씨를 아주 많이 줄게. 그렇게 속삭이면서도 사실은 진짜로 울면 어쩌나 걱정스러운 마음도 들었다. 새가 울면 아빠가 당장에 어디론가 보내버릴지도 몰랐다. 새장 문을 열고 몰래 날려 보낼지도 모른다. 그러니까 이 아이가 앞으로도 우리 집에서 함께 살려면 분명 울지 않는 편이 나았다.

그런 내 마음이 전해졌는지 토와는 아무리 시간이 흘러도 울지 않았다.

친구 미카 짱이 기르던 카나리아가 낳은 알에서 새끼 카나리아 세 마리가 부화했다. 그중 한 마리가 토와였다.

아빠는 데리고 오지 말라며 진심으로 화를 냈다.

안 그래도 종일 소리에 둘러싸여 있는데. 아빠는 집에서까지 불필요한 소리를 듣고 싶지 않아.

안 우는 새야. 나는 고집스럽게 대꾸했다.

미카 짱네 카나리아는 안 울어. 그 카나리아의 새끼니까 분명 안 울 거야.

그때 당시 아버지가 짓던 쓴웃음.

이상한 소리를 하는구나, 와온.

울지 않는 카나리아 같은 걸 뭐하러 키우니? 연주하지도 못하는 악기를 애써 손질하면서 매일 바라보고만 사는 것과 같은 꼴이잖아.

나는 한참을 엉엉 울었다.

새를 기르지 말라는 말이 슬펐던 것이 아니다. 아빠가 그런 식으로 말했다는 사실이 분했다.

그때 내가 아홉 살인가, 열 살이었나? 그런데도 내 안의 소중한 무언가가, 자존심이라고 부를 만한 것이 '짓밟혔다'는 기분을 똑똑히 느꼈다.

재능이 주체 못 할 정도로 차고 넘치고 자신감도 쓸데없이 흘러넘치는 사람. 가깝고도 가장 먼 사람. 바로 우리 아빠.

그런 아빠가, 내 안에서 어느샌가 서서히 싹터 조심스럽게 숨쉬기 시작한, 빛나는 자그마한 무언가를 쉽게 짓밟아 버린 것이다.

숨이 넘어갈 정도로 울었고 밤새 열이 났다.

엄마가 계속 손을 잡아 주었던 기억이 난다. 나는 엄마의 손을 무척 좋아했다. 따뜻하고 부드러운 손, 우아하고 차분한 손.

엄마 손은 말이야, 음악가에게는 쓸모없는 손이었단다. 그래서 포기해 버렸어. 사랑했던 첼로를.

와온의 손은 아름다운 소리를 연주하는 손이야. 그렇게 생겼어.

손가락이 가느다랗고 길잖아. 손가락과 손가락 사이는, 자봐, 이렇게나 부드럽게 벌어지고. 힘도 있어. 속도도 좋고. 그러니까 포기하지 말고 연주해 보렴.

엄마가 내 손을 잡고 그렇게 말해 줬는데. 나는 결국 포기하고 말았다. 첼로를.

11

그런 주제에 새 한 마리를 포기하지 못해 울고, 열이 나고, 끙끙 앓았다. 엄마의 차분한 손, 어쩐지 쓸쓸한 손이 어두운 방에서 하염없이 내 손을 잡고 있었다. 마치 상처 입은 작은 새를 손의 온기로 달래려는 듯이.

열이 내리고 정신을 차린 아침, 침대에서 일어난 내가 가장 먼저 본 것은 은색 새장. 그 안에 놓인 홰에 얌전히 앉아 있는 진녹색 작은 새.

그때는 무슨 일이 일어났는지 이해하지 못했다. 하지만 새를 기르고 싶다는 한결같은 바람을 신이 들어준 것 아닐까? 따위의 속 편한 생각을 했다. 사실은 엄마가 아빠를 어렵게 설득해서 미카 짱네 카나리아를 데리고 온 것이었다.

카나리아는 아빠가 염려한 것처럼은 울지 않았다. 아빠는 그래도 줄곧 언짢아했다. 카나리아가 우리 집에 온 사실보다도 엄마와 내가 자신의 말을 무시한 사실이 더 마음에 들지 않았으리라.

이름은 토와라고 지었어.

새가 온 다음 날, 기쁨을 감추지 못하고 신이 난 목소리로 엄마에게 말했다. 엄마와 내 이름의 머리글자를 따서 만들었어, 나도 참, 쑥스러워서 말 못 했지만.

토와? 멋진 이름이네.

엄마가 말했다.

프랑스어로 '당신'이라는 뜻이란다.

프랑스어? 정말?

후후훗. 엄마가 수줍게 웃었다.

와온에게는 아직 조금 어려울지도 모르겠구나. 아, 하지만 일본어에도 발음이 같은 단어가 있지. 영원이라는 단어.

영원?

그래, 영원.

엄마가 내 종합장에 '영원'이라는 두 글자를 적어 줬다. 나는 그 두 글자를 뚫어져라 바라봤다. 그러고는 이게 무슨 뜻이야? 라고 물었다.

엄마는 조금 슬픈 미소를 지으며 대답했다.

절대로 누구도 찾을 수 없는 것이란다.

영원이라는 이름의 울지 않는 카나리아.

어느 날 어디론가 날아가 버렸다.

이상하게도 그 앞뒤 기억이 없다. 분명 많이도 울었던 것 같다. 죽을힘을 다해 찾았던 것 같다. 단 한 가지 기억하는 사실은 몹시도 화가 났다는 것이다.

아빠야. 아빠가 토와를 날려보냈을 거야.

아빠는 토와를 싫어했으니까 토와가 없었으면 좋겠으니까 어디론가 보내버린 거라고.

아빠는 토와를…… 나를, 싫어하니까.

아니야, 그렇지 않아 와온. 아빠가 그럴 리 없지 않니.

엄마는 나를 꼭 끌어안고는 열심히 타일렀다.

아빠는 와온을 사랑하셔. 진심으로 사랑하셔. 하지만 고집이 세서 사랑한다고 말하지 못할 뿐이란다.

사실은 토와가 울어주길 바라셨어. 카나리아잖니. 마음껏 지저귀기를 바라셨어. 울지 않아서 슬퍼하셨어.

와온. 제발 아빠한테 화내지 마.

부탁이니까, 아빠를 사랑하렴.

와온. 엄마가 부탁할게.

그때, 엄마가 끌어안고 있던 것은 엄마 자신이었을지도 모른다.

아빠에게 화내지 마, 아빠를 사랑해, 라고 스스로를 타이르면서.

당장에라도 떠나 버릴 듯한 마음을 빛바랜 붉은 실로 간신히 잡아매면서.

하지만 결국, 엄마는 홀로 저 멀리 떠났다. 아빠 곁에 나를 남겨 두고.

도대체 어떠한 이유로 그런 것인지, 물론 그때의 나는 알 턱이 없었다.

똑같다고 생각했다. 엄마도 토와도 똑같다. 울지 않는 카나리아가 되는 바람에 아빠가 싫어서 괴로워하다가 도망간 것이다.

엄마가 떠난 방에 덩그러니 남겨져 있던 것은 오래된 첼로.

마치 나 같았다. 일어서지도 못하고 소리도 내지 못한 채 방한구석에 덩그러니 내팽개쳐진.

그날 이후로 나는 학교에 가지 않았다. 어딘가에서 고용된 가사 도우미 아주머니가 나를 '아가씨'라고 불렀다. 주변을 정리하고 밥을 지어주고 학교에 매일 연락했다. 오랫동안 아빠의 얼굴을 보지 못했다. 어차피 또 연주 여행을 떠났겠지. 엄마가 있든 없든, 딸이 학교에 가든 가지 않든, 그 사람은 상관하지 않는다.

한 달쯤 등교 거부를 했다. 미카 짱이 새로 태어난 카나리아 히나를 데리고 찾아왔다.

있잖아, 와온. 이 아이는 반드시 울 테니까 다시 키워봐. 그러니까 기운 내서 학교 나와, 알았지?

겨우겨우 학교에 나갔다. 미카 짱의 마음이 고마웠으니까. 하지만 카나리아는 받지 않았다.

나는 깨달았다. 엄마가 떠나고 아빠와 나를 잇는 것은 이제 무엇 하나 없다고.

카나리아를 기른다고 해서 그것이 우리 사이를 묶어 놓는 것은 아니라는 사실을.

아빠와 엄마와 나. 그렇게나 가까이 있으면서도 저마다 속절없이 외로웠다. 그것은 한겨울 북풍과도 닮아서 눈에 보이지 않아도 온몸으로 느낄 수 있었다. 애처로운 가족, 우리 세 사람을 이어줄 무언가를 나는 늘 원했다.

어쩌면 그 작은 새가, 토와가 우리를 이어줄지 몰라. 어린 나는 마음속으로 그렇게 소망했다.

하지만 토와는 떠나 버렸다. 영원히. 엄마도.

영원, 이 두 글자의 의미를 그제야 비로소 깨달았다.

1

허공을 가르듯 휘두르던 지휘봉이 지휘자의 머리 위에서 딱 멈췄다.

그 순간 한숨이 새어 나오는 것보다 더 빨리, 공연장을 가득 메운 관객들의 박수갈채가 쏟아졌다. 1층 가운데 뒷좌석에 모여 앉아 있던 도립 와카미야 고등학교 1학년 3반 학생 서른한 명도 가슴 벅찬 얼굴로 박수를 쳤다. 학생들은 대부분 열렬히 박수를 쳤지만, 단잠을 깨워 불쾌한 표정으로 무대를 바라보는 학생도 몇 명 있었다.

가지가야 와온은 그 어느 쪽도 아니었다. 인터미션을 사이에 두고 1부와 2부, 총 120분이 넘는 클래식 공연을 지루해하지 않으며 들을 수 있는 열다섯 살은 아마 그리 많지 않으리라. 서른한 명 가운데 몇 명이나 드보르자크 교향곡에 깊이 공감할 수 있을까. 아니, 마음속 깊은 공명 따위 누구에게도 일어날 수 없다. 절대로.

긴 연미복 자락을 펄럭이며 훤칠한 몸이 객석으로 돌았다. 일본국제교향악단의 전임지휘자 가지가야 소이치로. 와온의 아버지다. 마라톤을 완주한 선수처럼 어깨를 들썩이며 이마에 땀을 흘리고 있었다.

이리저리 튀는 땀이 스포트라이트에 비춰 멀리 떨어진 자리에서도 보이는 듯했다. 소이치로는 많은 지휘자가 으레 그렇듯 온몸을 흔들고 양팔을 우아하게 휘두르며 때때로 격렬하게 헤엄치듯 오케스트라를 이끌었다. 그가 턱을 들었다 내렸다 할 때마다 땀방울이 반짝이며 물보라처럼 튀었다. 지휘자 바로 앞에서 연주하는 콘서트마스터의 악보는 분명 땀으로 축축하게 젖었을 것이다.

그날의 연주는 소이치로에게 특별했다. 이 연주를 끝으로, 10년 가까이 맡아온 일본 제일의 오케스트라 전임지휘자 자리에서 물러나기 때문이었다.

우리 오케스트라가 자랑하는 전임지휘자의 마지막 연주회

에 그의 외동딸과 같은 반 친구들을 반드시 초대하고 싶다.

일본국제교향악단의 매니징 디렉터가 와온이 다니는 와카미야 고등학교 교장에게 요청했다. 아버지 스스로 초대하고 싶다고 했으리라는 생각은 들지 않았다.

올가을 소이치로는 미국 매사추세츠주 교외에 있는 도시 탱글우드로 홀로 떠난다. 오자와 세이지* 이후 일본인으로서는 두 번째로 보스턴 교향악단 음악감독으로 취임하게 된 것이다.

그 환송회가 될 일본국제교향악단에서의 마지막 연주회에 사랑하는 딸과 반 친구들을 초대하면 얼마나 이슈가 될 것인가. 매니징 디렉터가 분명 철저히 계산했겠지.

"대단하지 않니? 반 전체를 초대한다니!"

여름방학 직전 아침 조례에서 1학년 3반 담임 교사 다카자토치 나쓰가 흥분된 마음을 숨기지 못한 채 학생들에게 소식을 전했다.

"선생님 되게 신났네?"

가장 뒷자리에 앉은 이케야마 아야토가 옆자리에 앉은 와온에게 슬쩍 말을 걸었다. 긴 다리를 책상 밑에 가지런히 놓지 못하고 옆으로 삐죽 뻗어 자세가 단정하지 못했다.

* 일본을 대표하는 세계적인 지휘자.

"뭐야, 클래식 공연이라니. 도대체 언제 적 음악이야? 그런 데를 다 같이 간다고? 완전 짜증나!"

와온의 앞자리에 앉은 다니자키 주리가 불그스름한 갈색 머리를 쓸어넘기며 몹시 귀찮다는 듯 한숨을 쉬었다.

"거기 두 사람, 무슨 소리니! 예의 없이. 바로 옆에 와온이 있잖니."

"선생님, 뭐예요. 와온네 아빠한테 관심 있어요?"

아야토의 말에 선생님의 얼굴이 순식간에 붉어졌다.

"진짠가 봐! 얼굴 빨개졌어."

주리가 손뼉을 치며 웃었다. 다른 아이들도 와자지껄하며 선생님을 놀려댔다.

"와온네 아빠, 완전 멋있잖아. 싱글인 데다 지휘자고, 곧 보스턴으로 가고. 선생님, 전업주부 되고 싶어요?"

"대박! 안돼, 안돼. 선생님이 보스턴 마담이라니 절대 무리지."

"선생님의 영어는 안 통한다구! 거긴 현지잖아!"

한바탕 시끄러워졌다.

그동안 내내 와온은 몸을 움츠리고 교실의 모습을 방관했다. 이따금 아버지가 이렇게 교실에서 화제가 되곤 하는데 그럴 때마다 적극적으로 발언하지 않았다.

와온이 세계적으로 유명한 마에스트로의 딸이라는 사실은 입학한 뒤 얼마 지나지 않아 반 친구들 전원이 알게 됐다. 와온의 아버지가 5년 전에 이혼해 독신이라는 사실, 통근 가사 도우미 세 명이 교대로 가지가야 집안의 아가씨를 돌본다는 사실, 아버지의 키가 180센티미터에 체중 70킬로그램에 세련된 마초 스타일 배우 누구누구와 조금 닮았다는 사실, 아마도 부자 순위에 오를 정도로 자산가인 듯하다는 이야기까지, 모든 것이 반 친구들과 그들의 어머니에게 알려졌다. 소문이 난다고 와온에게 불리할 것은 없지만 이로울 것도 전혀 없었다.

와온이 다니는 고등학교는 도쿄에서 명문대 진학률이 높은 학교였다. 아야토는 유쾌한 소년으로 반에서도 인기가 있었기에 입이 험한 여자 대표 주리 같은 아이가 언제나 주변에 있었다. 아야토는 점심을 같이 먹자는 둥 집에 같이 돌아가자는 둥 와온을 살뜰히 챙겼다. 당연히 주리도 함께하게 됐다. 여름방학이 될 무렵 세 사람은 자연스럽게 어울리게 됐다.

"클래식인지 콜라식인지 난 저언혀 관심 없어."

아야토는 늘 그렇게 말하며 와온의 가정사를 웃어넘겼다.

"와온네 아빠가 잘생긴 지휘자라고 우리 엄마 관심이 대단하지만 말이야. 난 모차르트보다 모차렐라가 더 좋아. 알지?"

"무슨 소리야? 안 웃기거든?"

주리가 곧바로 핀잔했다. 그런 대화가 오갈 때마다 와온은 두 사람 사이에 서서 키득키득 웃었다.

그 두 사람이 지금 콘서트홀에서 와온을 사이에 두고 양옆에 앉아 공연에 빠져들어 박수를 치고 있었다.

길고 긴 박수갈채 속에 소이치로가 손을 흔들며 화답했다. 아야토는 자신도 모르게 자리에서 일어나 두 손을 이마까지 올려 힘껏 박수를 쳤다. 대박, 주리의 입에서 흘러나온 한마디가 와온의 귓속에서 메아리쳤다.

관객들이 줄지어 일어났다. 이윽고 콘서트홀을 가득 메운 2천 6백 명 모두가 기립했다.

단 한 사람, 와온을 제외하고.

2

그날 밤, 아버지는 자정이 지난 시간에 집에 돌아왔다.

와온은 아이팟 이어폰을 귀에 꽂고 자신의 방 침대에 누워 뒹굴거리며 만화책을 보고 있었다. 가사 도우미는 저녁 식사를 차려 둔 뒤 대체로 저녁 6시 전에는 퇴근한다. 하굣길에 반 친구인 아야토와 주리와 어울리다가 돌아오면 영양이 균형 있게 짜여 차려진 서른 가지 반찬과 갓 지은 밥이 기다리고 있다. 밥을 남김없이 먹고 식기 세척기에 식기를 넣고, 미리 따뜻한 물을 받아 놓은 욕조에 몸을 담근 뒤 목욕 후에 TV를 보고 나서 밤 9시 즈음부터는 방에 틀어박힌다.

좋아하는 J-POP을 들으며 숙제를 끝낸 뒤 아야토와 주리와 문자를 주고받으며 침대에 누워 만화책을 본다. 그리고 그대로 잠이 든다.

아버지가 있든 없든, 외출하든 귀가하든 와온과는 그다지 관계없다. 완벽주의 가사 도우미 세 명이 교대로 다양한 저녁 식사와 아침 식사를 준비하며 방은 언제나 깨끗하게 정돈되어 있고 거실 사이드보드 위에는 아버지에게 배달오는 화려한 꽃들이 보기 좋게 꽂혀 있다. 와온이 다니는 학교의 수업료와 그밖의 비용은 아버지 소속사의 경리담당자가 직접 학교 계좌에 입금하는 듯하고, 용돈조차 아버지 명의로 매달 어디선가 와온의 계좌로 입금한다. 열다섯짜리가 한 달 동안 사용하기에는 너무 큰 금액이지만.

남부럽지 않은 삶이었다. '아가씨'라고 불려도 하릴없었다. 덕분에 늘 아야토와 주리에게 적당히 얼버무릴 수 있었다.

볼륨을 높여 aiko*의 '딱정벌레'를 들으면서 《너에게 닿기를》 9권을 봤다. 갑자기 이어폰이 쑥 당겨지는가 싶더니 마개가 뽑히듯 빠졌다. 움찔하며 돌아보니 아버지 소이치로가 서 있었다. 와온은 일어나 침대 위에 앉았다.

* 일본의 유명 여가수.

"노크 정도는 해."

짜증스럽게 말하자,

"했어."

소이치로도 언짢게 대꾸했다.

"아예 안 들렸거든. 몇 번? 노크 몇 번 했는데? 한 번? 두 번?"

"백 번."

"순 거짓말."

소이치로는 떠들썩한 소리가 새어 나오는 침대 위 이어폰을 보고는 "이 노래 뭐야?"라고 물었다.

"뭐냐니……. aiko 노래야."

"아이코 님?"

"왜 '님'이라고 불러?"

소이치로는 딸의 질문에는 대답하지 않고 말했다.

"오늘 왜 대기실에 안 왔어?"

"글쎄."

와온은 맥빠진 대답을 했다.

"어차피 기자들이 기다리고 있었을 거 아냐. 곧 보스턴으로 떠나는 아버지를 반 친구들과 함께 응원하는 딸이니 뭐니. 여성 잡지가 딱 좋아할 떡밥이잖아."

세계적인 지휘자에 잘생긴 독신. 와온의 아버지 가지가야 소이치로는 '소이치로 님', '지휘자 소이치로' 등으로 불리며 여성 주간지는 그를 '지적인 중년 아이돌'로 떠받들고 있다. 그런 점들도 전부 아야토와 주리가 놀리는 요인이 됐다.

"그렇게 화제를 제공하는 것도 우리나라 클래식 팬을 늘리는 데 공헌하는 셈이야. 오케스트라 홍보도 되고. CD와 티켓도 잘 팔리지. 나쁠 건 아무것도 없잖아."

"그런 게 위선자 같다는 거야. 난 절대 싫어, 이 이름이 사람들 눈에 띄는 거. '가지가야 소이치로의 딸 와온和音'이라니, 그게 뭐야? 지휘자의 딸이 '와온'이라니, 완전 창피해. 이름을 왜 이렇게 지은 거야. 왜? 차라리 '노다메'라고 짓지? 어이없어."

'노다메'라는 이름을 들은 소이치로가 얼굴을 찌푸렸다.

"너는 왜. 이제 와서 이름 이야기를 꺼내는 거야. 사춘기야?"

와온은 아버지를 째려보다가 침대에 몸을 던졌다. 여전히 그 자리에 서 있는 소이치로에게 등을 돌리고 만화책을 펼쳤다.

"이제 할 말 없지? 그만 나가."

"아직 아빠 질문에 대답 안 했잖아. 왜 대기실에 안 온 거야? 네 반 친구들은 모두 와 줬는데. 꽃다발도 준비해 왔고."

그날 소이치로가 전임지휘자를 맡고 있는 일본국제교향악단의 연주회에 와온이 다니는 도립 와카미야 고등학교 1학년 3

---

* 클래식 음악을 소재로 다룬 인기 만화 '노다메 칸타빌레' 여주인공의 별명.

반 학생들이 초대됐다. 다음 시즌 보스턴 교향악단의 음악감독 취임이 결정된 소이치로의 마지막 연주회. 5년 전에 이혼한 이후 아버지 혼자서 키운 사랑하는 딸이 공연이 끝난 뒤 친구들과 대기실을 방문하는 순간을, 확실히 여성 주간지를 중심으로 한 언론이 대거 기다리고 있었다.

"아까 말했잖아. 언론에 떡밥 주기 싫어."

소이치로는 입을 다물었다. 와온은 읽지도 않는 만화책 책장을 넘기며 아버지가 빨리 방에서 나가기를 참을성 있게 기다렸다.

"……아빠의 마지막 연주회였는데도?"

토라진 목소리가 들렸다. 와온은 속으로 삐친 척 말라며 구시렁거렸지만 입 밖으로 내지는 않았다.

"와온. 다시 한번 물을게. 탱글우드에 함께 갈 생각 없니?"

와온은 만화책으로 시선을 떨군 채 짧게 대답했다.

"없어."

"그래?"

체념한 듯 낮은 목소리가 들리더니 이윽고 문이 쾅 닫히는 소리가 들렸다.

와온은 상체를 일으키고는 만화책을 침대 밑으로 내던졌다. 그리고는 불을 끄고 이불 속으로 기어들어갔다.

부르르, 부르르하고 머리맡에 놓아둔 휴대폰이 진동했다.

이불 속에서 휴대폰을 켜자 화면이 밝아졌다. 아야토의 문자였다.

안녕 자? 오늘 연주회, 완전 멋졌어!
왜 먼저 집에 갔어? 아버지가 찾으시던데.
오늘의 감상…클래식도 나쁘지 않네. 그럼 잘 자. 아야토.

보스턴 부임이 정해진 직후 단 한 번, 소이치로가 와온에게 물었다.

아빠와 함께 탱글우드에 가지 않을래?

만약 그럴 마음이 있다면 그쪽 하이스쿨에 입학 수속을 밟으마. 그리고 음악 가정교사를 고용할게. 아빠는 한동안 보스턴에서 지낼 테니까 너도 음악대학을 목표로 하는 게 좋겠구나. 학교가 다양해. 보스턴 컨서버토리 같은. 훌륭한 교수도 많고. 그러니까 프로 음악가를 목표로 하면 좋을 거야.

모조리 결정된 듯한 말투에 와온은 쌀쌀맞은 목소리로 대답했다.

내가 왜 음악가가 되는데?

소이치로는 씁쓸하게 웃었다.

왜냐니……. 그런 거 아니었어?

그런 건, 한 번도 생각해 본 적 없어.

단호하게 대답했다. 소이치로는 순간 허를 찔린 표정이었지만 그 이후로는 딸에게 보스턴행을 권하지 않았다.

아버지가 고등학생 딸을 해외 부임지에 데리고 가는 일은 일반적이고 자연스러운 일이리라. 그래서 와온은 보스턴행 권유에 놀라지 않았다. 그러나 아버지가 '와온은 음악가가 될 것이다'라고 믿었다는 점에 놀랐다.

와온은 분명 음악가가 되고 싶다면 얼마든지 지원받을 수 있는 집안에서 나고 자랐다.

아버지는 혜성처럼 등장해 수많은 국제 콩쿠르상을 휩쓸었던 젊은 천재 지휘자. 어머니는 명문 국립국제예술대학에서 첼로를 배우고 역시 명문 오케스트라 일본국제교향악단의 수석 첼리스트.

부모님은 당연히 와온이 어렸을 적부터 열심히 악기를 가르쳤다. 아버지는 연주 여행으로 집을 자주 비웠기에 와온이 초등학교 3학년 때 어머니가 일을 그만두고 딸의 교육에 심혈을 기울였다. 피아노, 바이올린, 그리고 첼로. 세 살부터 아홉 살까지는 전문 교수의 레슨을 받았다. 어린 와온은 어머니의 기대에 부응하려고 혹독한 레슨을 잘 따라갔다. TV도 게임도 그림책도 장난감도 필요 없었다. 친구 역시도.

어느새 첼로만이 친구가 되어 있었다.

어느 순간 문득 그 사실이 사무치게 외로워졌다.

레슨에서, 음악에서, 첼로에서 마음이 점점 멀어졌다. 어머니
는 와온이 다시 레슨을 받도록 기를 쓰며 노력했다. 매섭게 꾸
짖은 적도 있었다. 눈물을 글썽한 적도. 그러는 사이에도 아버
지는 모녀의 공방을 방관하기만 했다. 그리고 점점 언짢아했다.
언제부터인가 어머니는 와온에게 레슨을 강요하지 않았다.

집에 적막이 찾아왔다. 선율을 만들어내지 않는 첼로가 어
두운 방 한구석에 덩그러니 누워 있었다. 어머니는 점점 웃음
을 잃었고 아버지는 점점 집에 돌아오지 않았다.

그러던 어느 날, 와온은 카나리아를 기르기 시작했다. 울지
않는 카나리아를.

토와라고 이름을 지은 카나리아. 사랑으로 키운 가장 친한
친구. 그런데 어디론가 날아가 버렸다.

하나같이 와온을 멀리 떠나 버렸다.

음악도. 새도. 친구도. ……엄마도.

아빠도.

아니, 아빠는 처음부터 줄곧 먼 곳에 있었다.

더욱 먼 곳으로 이어진 이미 정해진 길, 음악가로서의 길을
그저 계속 걸어갈 뿐이었다. 홀로.

어머니가 그런 아버지에게 정나미가 떨어진 것도 당연했다,
라고 그때보다 조금은 성장한 지금의 와온은 생각했다.

자신이 어머니였더라도 역시 아버지의 곁을 떠났을 것이다.

그리고 나중에 다른 남자와 사귀려면 초등학생 딸이라는 존재는 방해가 되겠지. 그래서 와온은 아버지 곁에 남겨졌다.

어머니가 그렇게 변명한 것은 아니었다. 아버지가 그렇게 달랜 것도 아니었다.

그저, 왜인지 모르게 지금은 그렇게 이해했다.

고고하기를 좋아하는 아버지 곁에 손이 많이 가는 여자아이를 남기고 떠난 것. 그것은 어쩌면 아버지를 향한 어머니의 유일한 복수였는지도 모른다.

그래서 어머니의 마음이 풀렸다면…… 그것은 그것으로 괜찮다.

그런 식으로 와온은 이해했다. 정확히는 이해하려고 애썼다.

그렇게라도 하지 않으면 갑자기 원망스러워질 것 같았다.

와온과의 생활을 묵묵히 받아들인 아버지보다도 아무 말 없이 떠나 버린 어머니를.

다음 날, 교실에 들어가니 아이들이 순식간에 와온을 둘러쌌다. 대박 좋았어, 클래식 꽤 좋던데? 라고 전날 연주회를 본 소감을 저마다 떠들었다. 연주회를 보기 전까지만 해도 내켜 하지 않은 학생도 몇 명 있었는데 실제로 들어보니 '생각보다 멋있었다'는 반응이 대부분이었다.

"그것참 잘됐네."

와온은 감흥 없이 대답했다. 정말 재미없었다는 불평을 듣는 것보다는 낫다.

"그런데 말야. 왜 그렇게나 멋진 아빠를 따라서 보스턴에 안 가는 거야?"

어머니가 소이치로의 팬이라는 여자아이 한 명이 캐물었다.

"아빠한테 여자 친구 있는 거? 와온이 방해된대?"

"바보야. 헛소리 그만해."

주리가 달려들었다.

"갑자기 미국에 가 봤자 다 영어로 말해야 하고 적응하기 힘들잖아? 그치, 와온?"

"그렇지."

아야토가 대신 대답했다.

"너한테 안 물어봤어!"

주리가 아야토의 등을 때렸다.

"난 진실을 알지롱. 와온은 말이야, 우리랑 헤어지기 싫은 거야. 그렇지 와온?"

와온은 언제나처럼 아야토와 주리 사이에 끼여 키득키득 웃었다. 모두 정답이었다. 영어도 서툴고 아야토와 주리와 반 친구들과 헤어지고 싶지도 않았다.

초등학생 때, 방과 후와 휴일에는 첼로 레슨에 온 시간을 바쳤다. 그래서 친구와 어울릴 시간은 거의 없었고 게임도 하지 않고 TV도 보지 않았기에 친구들과 대화도 통하지 않았다. 교실에 있는 동안조차도 첼로 소리가 귓가를 맴돌아 공책 구석에 음표를 휘갈겨 그렸다. 음악에 열중해서라기보다는 무언가에 쫓기듯 음악 세계에 틀어박혔다. 그런 느낌이었다.

무엇 때문이었는지 지금에 와서는 기억나지 않지만 갑자기 음악을 떠나고 나서야 비로소 친구가 생겼다. 그 대신에 어머니가 사라졌다.

굳이 말하자면 말수가 적은 소녀였던 와온은 중학교 시절에도 친하게 이야기 나누는 친구가 몇 명 없었다. 고등학교에 입학하고 나서야 허물없이 웃음을 나눌 수 있는 친구들을 만났다.

당연히 아버지와 함께 외국에서 살기보다 이곳에 남아 친구들과 소중한 시간을 함께하고 싶었다. 어머니가 사라진 뒤로는 줄곧 혼자 지내온 것이나 마찬가지였다. 그러니까 아버지가 외국에 가 버린다고 해도 전혀 상관없다. 반에서도 아버지에 대해 이야기하지 않을 테고, 언론에서도 떠들어 대지 않으리라. 지금까지보다 훨씬 조용히, 자유롭게, 즐겁게 살 수 있다.

아무튼 조금도 외롭지 않다. 얼른 가 버렸으면 좋겠다, 보스턴으로.

평소처럼 아야토와 주리, 그리고 오늘은 다른 친구 몇 명과 함께 하교하면서 차를 마신 뒤 아주 잠깐 노래방에서 놀다 보니 귀가 시간이 늦어지고 말았다.

와온의 집은 마을 고지대에 있다. 근처 역에서 걸어서 10분 정도 걸리지만 예부터 주택가였기에 밤에는 한적했다. 7시까지는 꼭 집에 돌아오라, 아버지의 유일한 엄명이었다.

저녁 8시가 지나 버려서 와온은 종종걸음으로 역에서 집으로 향했다. 어차피 아버지는 오늘 밤에도 늦게 돌아오시겠지. 보스턴으로 떠나기 전 이런저런 조율과 취재 등으로 평소보다 훨씬 바쁘니까. 집에 돌아왔는지 확인하려고 휴대폰으로 전화를 걸지도 않으니 통금시간을 어겼다고 꾸중을 들을 일도 없다. 하지만 와온은 항상 되도록 7시까지 귀가하려고 했다. 그저 밤길을 혼자 걷는 것이 무서울 뿐이다. 딱히 아버지와의 약속에 연연하는 것은 아니었다.

마침내 집이 보이기 시작할 무렵, 와온은 걸음을 조금 늦췄다. 식당에 불이 켜져 있었다.

'아빠?'

그럴 리 없다. 아버지가 이렇게 이른 시간에 돌아오신 적은 기억하는 한 한 번도 없었다. 그럼 가사 도우미가 깜빡하고 불을 안 껐나? 아아, 그런가 보다. 그런 적은 지금까지 없었지만 더 가능성 있는 추측이다.

그래도 와온은 조금 긴장해 콩닥거리는 가슴으로 소리가 나지 않게 현관문을 열었다.

바로 그 순간.

섬세하고 아름답지만 쓸쓸한 첼로 소리가 아련하게 들려왔다. 새들이 하늘을 향해 우아하게 날아오르는 듯한 선율. 높고 낮게, 파닥파닥 날갯짓하듯 자유롭게 날아다니는 그 음색.

단 한 소절만 들었을 뿐인데 와온은 금방 알았다. 파블로 카잘스가 연주하는 '새의 노래'라는 사실을.

'CD를 듣고 있어. 식당에서 누가?'

와온은 엉겁결에 발소리를 죽이고 뚝 떨어질 것 같은 심장을 부여잡은 채 식당으로 다가갔다. 첼로 소리가 점점 커졌다. 벌써 몇 년이나 봉인해 둔 그리운 소리. 어머니가 사랑해 마지않던, 향수를 자극해 목이 멜 것 같은 곡.

열린 식당 문 너머에 누군가가 있었다.

와온은 숨을 멈추고 그 자리에 못 박힌 듯 섰다.

긴 머리를 늘어뜨린 좁은 등. 여자다. 식당 문을 등지고 식탁에 한쪽 팔꿈치를 괴고는 움직이지 않고 가만히 있었다. 식탁 위에 CD 플레이어가 있었다. 그곳에서 카잘스의 첼로 연주가 흘러나오고 있었다. 팔꿈치를 괴고 있는 팔, 그 손가락 끝에서 담배가 천천히 타고 있었다. 보랏빛 연기가 허공에서 호를 그렸다. 담배 끝이 서서히 재로 변해 떨어지는 것도 모를 정도로, 좁은 등은 카잘스의 연주에 몰두한 듯했다.

떨리는 빗방울 같은 마지막 악구가 사라지고 순간 정적이 내려앉았다. 돌연 긴 머리가 흔들리며 하얀 얼굴이 뒤를 돌아봤다. 와온은 소리도 내지 못한 채 그 자리에 얼어붙었다.

"어서 와. ……카잘스는 좋아하는 것 같네."

길고 가는 눈가에 서늘한 미소가 번졌다. 와온은 대답할 말을 찾았지만 나오지 않았다. 겨우 한마디 쥐어 짜냈을 뿐이다.

"아……, 누구, 세요?"

남의 집에 들어와 담배를 피우며 카잘스를 듣는 여자.

아무리 생각해도 불법 침입, 명백히 수상한 사람이다. 그런 생각이 들자마자 와온의 몸이 순식간에 굳었다.

신고해야 해. 110번*. 전화해야지. 아야토한테, 주리한테…… 아빠한테.

"내가 누구냐고?"

달카당, 여자가 의자에서 일어났다. 와온은 몸을 움찔 떨었다.

여자는 거의 타버린 담배를 입에 물더니 연기를 힘차게 내뿜었다. 그러고는 씨익 웃어 보였다. 어딘가 모르게 도발적인 미소였다.

와온의 겁먹은 눈동자를 똑바로 바라보며 그 사람은 거침없는 목소리로 알렸다.

"반가워, 가지가야 와온 양. ……나는 네 엄마야."

* 우리나라의 112에 해당한다.

3

그날, 그 순간, 태어나서 처음 만난 여자.

생면부지의 사람, 게다가 멋대로 남의 집에 들어와 카잘스를 들으며 담배를 피우던 수상한 사람에게 "네 엄마야"라는 말은 들은 와온은 말문이 막혔다.

방금 뭐라고? 도대체 무슨 소린지 모르겠네.

방금 우리말로 말한 거 맞아?

낯선 여자는 바위처럼 굳은 와온을 바라보다가 들으라는 듯이 흥 하고 코웃음을 쳤다.

"너 말이야. 보통은 집에 돌아오면 '다녀왔습니다' 하고 인사하지 않아? 여기 너희 집이지? 집에 돌아왔으니 좀 더 긴장 풀고 편하게 있는 게 어때? 보기만 해도 숨 막혀."

악몽이라도 꾸는 것만 같았다. 아니면 세계 종말을 알리는 애니메이션 영화를 보고 있거나. 학교에 다녀왔더니 자신의 집을 타인이 점거하고 상당히 미인인 낯선 여자가 갑자기 엄마 행세를 한다. 왜냐면 지구는 앞으로 48시간 안에 멸망하기 때문이다. 나는 당신 곁에 전지전능한 신 제우스가 보낸 메신저. 그래, 인류 마지막 가족으로 우리는 남은 시간을 보내는 거야. 남남이든 뭐든 그것이 신이 정한 약속이다. 신과 인류와의 계약. 앞으로 48시간이면 모든 것이 사라진다…….

"저기, 애. 이상한 생각 하는 거 아니니? 눈이 이상하게 가운데로 몰렸는데."

여자가 한 걸음 디뎌 와온에게 다가왔다. 그 순간 와온은 한 걸음 뒤로 물러섰다.

"앗…… 저기, 오지, 마세요. 저한테 다가오지 마세요."

"뭐라고?"

여자는 몹시 뜻밖이라는 듯 말했다.

"그러면 안 되지. 너와 난 오늘부터 엄마와 딸이잖아?"

딸이라니.

"아니 저기, 말이에요. 갑자기…… 남의 집에 막 들어와서 숨어 있다가……초면에 엄마라고 하는 건…상식적으로 생각해도, 저기……좀 그런 것 같은데요……."

여자가 성큼성큼 다가왔다. 와온도 성큼성큼 뒷걸음질 치면서 띄엄띄엄 말을 이었다. 복도의 막다른 벽까지 와온을 몰아넣은 여자는 팔짱을 끼고 인왕처럼 버티고 서서 말했다.

"……그러니까 소 씨가 너한테 내 이야기를 안 했다는, 그 말이지?"

등줄기로 흘러내리는 땀 줄기를 느끼며 와온은 간신히 되물었다.

"소 씨가, 누구예요?"

여자의 길고 가느다란 눈이 미심쩍은 눈초리로 와온을 바라봤다.

"소 씨는 소 씨지. 가지가야 소이치로. 네 아빠이자 내 남편."

와온은 강아지처럼 고개를 저었다.

"모, 몰라요. 들은 적 없어요, 아무것도."

"거짓말."

"아니, 진짜로요."

"진짜?"

"진짜, 예요."

순간, 여자의 얼굴에 작은 희귀종 동물을 보는 듯한 표정이 번졌다가 팔짱을 풀고는 두 손으로 허리를 짚으며 "어이가 없네"라고 기가 막힌 목소리로 말했다.

"딸과의 대화가 서툴다는 말은 들었지만. 설마 이 정도일 줄이야."

그러고는 갑자기 힘을 뺀 눈빛으로 와온을 바라보며,

"그럼, 네 눈에 나는 완전 불법 침입자겠네. 깜짝 놀랐지?"

조금 누그러진 목소리로 말했다. 반사적으로 와온도 잔뜩 힘주었던 어깨를 조금 풀었지만, 여전히 긴장한 상태로 대답했다.

"당연하죠. 깜짝 놀라 죽는 줄 알았어요."

하핫, 여자가 소리 내어 웃었다.

"내가 너였으면 깜짝 놀라 죽기 전에 경찰에 신고했을 거야."

그러고는 와온을 빤히 들여다봤다. 와온의 어깨에 다시 힘이 들어갔다.

"흐음. 꽤 간이 큰 아이네. 열다섯 살 꼬마 같지는 않은데."

"뭐라고요? 꼬마라뇨."

　와온은 곧바로 맞받아쳤다. 꼬마라는 말을 듣고서도 가만히 있을 정도로 꼬마는 아니다.

"됐고, 아줌마 누구세요? 아까부터 이름도 안 밝히고."

"아줌마라고 부르지 마."

　여자가 정색했다.

"난 아직 서른아홉 살이라고. 너처럼 세상 물정 어두운 꼬마는 모르겠지만 요즘 세상에는 나 같은 마흔 전후 여자들은 신성시되고 존중받는단다. 아줌마 소리를 들으려면 아직 20년은 멀었어. 알겠어? 망할 꼬마 같으니라고."

　'꼬마'에 '망할'까지 붙여서 기세 좋게 되받아쳤다.

"마흔 전후라니 아줌마가 아니라 할망구잖아요! 됐고, 이름이나 대요, 할망구!"

"뭐라고오? 이 망할 망할 꼬맹이!"

"망할 망할 망할 할망구!"

　말다툼이 완전히 달아오르기 시작한 순간.

"다녀왔습니다아."

　현관문이 열리며 태평한 목소리가 들려왔다. 서로 으르렁거리던 두 여자는 목소리가 들린 곳으로 동시에 고개를 돌렸다.

　현관 앞에는 소이치로가 두 손에 산더미 같은 꽃다발을 들고 서 있었다. 그리고 두 사람의 시선을 받은 순간 말을 잃은 듯했다.

　"어라? ……마유미, 와 있었어? 우리 집에 오기로 한 게 오늘이었나?"

　여자의 이름은 마유미였다. 가지가야 마유미.

　풀네임을 듣는 순간 와온은 핏기가 싹 가셨다.

　이 입이 험한 정체불명의 불법 침입녀는 바로 사흘 전에 혼인신고를 하고 가지가야 소이치로의 아내가 됐다는 듯했다. 물론 딸에게는 아무런 상의도 없이. 아니, 상의가 다 뭔가. 한마디 예고도 없이.

　그뿐 아니라 그런 일이 있다는 기색도 조짐도 아무튼 아무것도 없었다. 평소와 다름없는 아버지, 일이 바빠 딸을 돌보지 않는 무정한 소이치로였다.

　와온도 이제 어린아이가 아니다. 그야, 독신인 성인 남녀가 쌍방 합의하에 혼인신고를 하고 부부가 될 수 있다는 사실 정도는 이해할 수 있다. 그리고 소이치로의 딸인 자신과 소이치로의 아내와의 관계가 법적으로는 모녀지간이 된다는 사실도.

　그러나 그것은 어디까지나 법률이나 이론상의 일이고, 갑자기 눈앞에 나타난 생면부지의 여자가 "오늘부터 네 엄마야"라고 말한다고 해서 이해할 수 있는 일은 아니다. 그전에 유일한 가족인 딸에게 한 번도 소개하지 않고 멋대로 집 열쇠를 건넨 아버지의 정신세계는 더더욱 이해할 수 없었다.

"그건 미안해. 새엄마에 대해 와온과 전혀 상의하지 않는 건."

세 사람은 거실 소파에 앉아 다시 서로를 마주 봤고, 소이치로는 노골적으로 부루퉁해진 딸을 앞에 두고 간신히 사과 비슷한 말을 꺼냈다.

"그런데 너, 어제 아빠가 제대로 대화하려고 방에 갔더니 만화책 보느라 아빠 말은 귓등으로도 안 들었잖아.……우리 오케스트라 연주라도 듣고 있던 거라면 몰라도 뭔지도 모를 음악까지 들으면서."

"오호, 역시 음악에 관심 있는 거지? '딸은 음악에 전혀 관심 없어'라고 말하지 않았나?"

마유미가 끼어들었다. 기분 탓인지 들뜬 목소리로. 와온은 곧바로 "아뇨. 전혀 관심 없어요"라고 불퉁하게 대답했다.

"어머. 그럼 뭐 듣고 있었는데?"

"aiko 님."

이번에는 소이치로가 언짢은 말투로 끼어들었다.

"왜 '님'이라고 불러?"

마유미가 곧바로 물었다. 와온은 순간, 하마터면 웃음이 터져 나올 뻔했다.

뭐야 이 사람? 나랑 반응이 똑같잖아.

"뭐 아무튼."

소이치로가 갑자기 정색했다.

"이 녀석은 내가 하는 음악에 관심도 없고 함께 탱글우드에 갈 생각도 없어. 그쪽에서 음악대학에 가라고 해도 그럴 마음도 제로고. 내가 하는 말은 씨알도 안 먹히지. 그래서 마유미 네가 새엄마 이야기를 꺼냈을 때도 딱 잘라 거절하려고 했는데, 어쩌다 보니 뭐 될 대로 되라 같이 되어 버린 거야."

와온은 울컥했다. 딸이 음악에 관심이 있는지 없는지와 결혼 사실을 딸에게 알리는 것은 완전히 차원이 다른 문제다. 뼛속까지 예술가인 소이치로는 가끔 이런 식으로 터무니없이 논리를 비약하고는 한다. 그럴 때는 그냥 내버려 두자는 것이 와온이 마음속으로 정한 규칙이었지만 이번만큼은 그렇게는 못하겠다.

뭐라고 받아치려던 와온보다 먼저 마유미가 "그게 뭐야?"라며 기가 막히다는 듯 말했다.

"그거랑 이거랑은 차원이 다른 문제잖아. 재혼하는데 딸한테 한마디 언질도 없었다는 게 말이 돼? 그리고 앞으로 나랑 이 아이 둘이서 같이 살아야 하는데 어색해질 거라는 생각은 안 들었어? 정말이지, 그런 점이 소 씨의 나쁜 점이라고."

퍼붓는 말에 소이치로는 완전히 할 말을 잃고 말았다.

이렇게까지 난감한 표정을 짓는 아버지는 태어나서 처음 본다. 이 사람, 참 대단하네. 그러다 와온이 갑자기 자리에서 일어났다.

"잠깐만요. 지금, 뭐라고요?"

마유미가 이상하다는 듯 시선을 들었다.

"뭐라니, 뭐가?"

"그러니까…… 앞으로 둘이서 같이 살아야 하는데 어쩌고저쩌고하지 않았어요?"

"했는데 무슨 문제라도?"

마유미가 태연하게 대꾸했다.

"아니 아니, 그러니까, 저기, 마유미 씨는 아빠랑 결혼했잖아요? 그건 아빠를 따라 보스턴에 간다는 말이죠? 저기, 그, 정말 상상하고 싶지는 않지만 아빠를 위해 밥을 차리고 팬티도 빠는 거죠?"

"그게 무슨 소리야? 어째서?"

마유미는 갑자기 맥빠진 목소리로 물었다.

"왜 내가 소 씨의 밥을 차리고 팬티 같은 걸 챙겨야 하는 거야?"

"왜냐니……. 아내라면 그러는 거 아니에요?"

"우와. 제발 봐줘라."

정말이지 소름이 끼친다는 듯 마유미가 대답했다.

"가족이 됐다고는 해도 자기 팬티는 자기가 알아서 챙겨야지. 백 번 양보해서 밥은 당번을 정해서 챙기고. 알았지? 아, 청소나 장보기도 그렇고. 기분전환으로 가끔은 같이 해도 좋지만. 아, 하지만 나는 요리 같은 거 진짜 못하니까 기대는 하지 말고. 뭐, 앞으로 당분간은 둘이서만 살 테니까 서로 양보할 수 있는 건 양보해 가면서……."

"그러니까아! 왜 마유미 씨가 나랑 둘이서 사느냐고 묻잖아요!"

참다못해 소리쳤다. 소이치로가 움찔 놀랐다. 마유미는 잠자코 와온을 올려다보다가 옆에 앉아 있는 소이치로에게 고개를 돌리며 말했다.

"그 질문에 대답할 의무가 누구에게 있냐고 하면 이쪽. 그렇죠, 아버님?"

그러고는 천천히 일어서더니 청바지 주머니에서 열쇠를 꺼내 탁자 위에 놓았다.

"난 오늘은 이만 돌아갈게. 딸아이를 제대로 이해시키고 나면 그때, 이 열쇠 다시 받도록 할게요."

그리고 뺨을 붉힌 와온을 향해 씨익 웃어 보였다.

"본의 아니게 깜짝 놀래켰네. 뭐, 이것도 다 추억이지. 그럼 나중에 보자."

서둘러 거실을 나갔다. 터벅터벅 슬리퍼 소리가 복도에서 멀어지더니 이윽고 덜컹하고 문이 닫히는 소리가 들렸다.

와온이 이번에는 아버지를 향해 어깨에 잔뜩 힘을 주고 섰다. 정말이지 오늘은 어깨에 담이 올 정도로 힘이 들어가는 날이다.

소이치로는 난감한 표정을 지으며 짐짓 외면했지만,

"지금까지 말하지 않아서…… 미안하다."

나직이 중얼거렸다.

"마유미와는 벌써 2년 정도 사귀었는데 보스턴행이 결정되고 나서 프러포즈했어. 함께 보스턴에 가 달라고. 그…… 네가 지적한 대로 우리를 돌봐줬으면 좋겠다고 생각한 것도 사실이야. 그때는 너도 함께 데리고 갈 생각이었으니까 딸과 내 곁에 있어 줬으면 좋겠다고, 세 식구가 함께 보스턴으로 가자고."

그런데 청혼에 대한 마유미의 대답은 기이했다.

당신과 당신 딸, 정말 둘이서 보스턴에 간다면 나도 갈게.

하지만 만약 당신이 혼자서 보스턴에 가고 당신 딸은 가지 않는다면……, 나는 딸과 함께 여기서 살게. '예스'라고도 '노'라고도 해석할 수 있는 대답에 소이치로는 고개를 갸웃했다.

마유미의 대답은 왜인지 소이치로보다 와온이 앞으로 어떤 결정을 할지에 무게를 둔 듯도 보였다. 도대체 그게 무슨 뜻이냐고 소이치로가 다그치자 마유미가 웃으며 대답했다.

딸이 가장 걱정인 주제에.

딸을 여기 혼자 남겨 두고는 절대 못 떠나지?

만약 딸이 보스턴에 가지 않겠다고 버티면 보스턴 교향악단 음악감독 제안을 거절할 생각이었지? 다 알아.

그러니까 당신이 마음 놓고 그곳으로 갈 수 있도록 내가 와온과 함께 여기 남을게.

……와온의 엄마가 되어 당신이 돌아오기를 기다릴게.

거기까지 들은 와온은 한숨을 크고 길게 내쉬었다.

"그게 뭐야? 왜 내가 아빠 부인이랑 같이 아빠가 돌아오기를 기다려야 하는데? 아니, 지금 아빠 러브스토리 자랑하는 거야?"

소이치로는 검지로 콧방울을 긁적였다. 난처할 때면 항상 나오는 버릇이었다.

"아니, 그건 아니고……, 그저 고마웠어. 나와 너를 똑같이 소중하게 생각해 주니까."

와온은 순 거짓말, 이라고 웅얼거렸다. 아버지는 그 여자의 꾐에 속아 넘어간 것이다. 남편이 마음 놓고 떠날 수 있도록 피도 한 방울 섞이지 않은 딸과 함께 일본에 남겠다니 아무리 생각해도 갓 결혼한 신부가 할 만한 발상이 아니다.

아무리 뜯어 봐도 위선 아닌가.

아니, 사기 결혼 아닌가.

그래, 사기다. 재산을 노린 사기가 틀림없다. 아버지는 그런 사실도 눈치채지 못한 걸까. 그만큼이나 그 사람에게 홀딱 빠진 걸까.

아찔했다. 사기 결혼으로 들어온 여자와 단둘이 이 집에서 살아야 한다니 이게 말이나 되는 소린가. 절대로 받아들일 수 없다.

와온은 아버지를 정면에서 똑바로 응시하며 "난 절대 싫어"라고 분명하게 밝혔다.

"그런 누군지도 모르는 사람이랑 같이 산다니 절대 싫어. 그 사람이 여기 온다면 내가 나갈 거야."

"무슨 소리를 하는 거야."

아버지의 목소리가 날카로워졌다.

"나랑 같이 가기도 싫다, 마유미와 같이 살기도 싫다. 그러면 어떻게 살 생각인데. 자꾸 네 멋대로 굴 거야?"

"자기 멋대로 구는 사람이 누군데."

와온이 되받아쳤다.

"보스턴에 가는 것도, 결혼도, 전부 아빠 마음대로 결정했잖아. 내가 첼로를 배우게 한 것도 엄마와 이혼한 것도. 하나부터 열까지 다, 아빠 마음대로 정했잖아!? 나는 거기 휘둘릴 뿐이었고. 내 마음대로 하고 싶어도 나한테는 '내 마음'이라는 게 없잖아!"

그래. 토와도.

토와도 아버지가 멋대로 어디론가 날려 버렸다.

어머니, 새, 음악. 앞으로 영원히 돌아오지 않을 것들. 모조리 사라져 버렸다.

내게는 이제 아무것도 없다.

아무것도.

"잠깐. 어디 가는 거니, 와온!"

아버지의 목소리를 뿌리치듯 와온은 밤 속으로 무작정 뛰쳐 나갔다.

4

정신을 차리고 보니 전철이었다.

교외 베드타운으로 향하는 전철은 귀가하는 사람들로 가득 차서, 본능적으로 도심으로 향하는 전철에 올라탔다. 집을 뛰쳐나온 뒤 정신없이 역까지 달려와 주머니에 들어 있던 교통카드를 자동개찰기에 찍고 승객이 뜸한 전철에 앉아 숨을 돌리던 와온은 아, 하고 깨달았다.

지갑을 가져오지 않았다. 휴대폰도.

아까 언뜻 시선이 스쳤던 자동개찰기에 찍힌 '잔고 100엔'이 떠올랐다. 황급히 자리에서 일어나 문으로 뛰어갔지만 코앞에서 닫혔다. 와온은 맥없이 자리로 돌아갔다. 하아, 하고 한바탕 한숨을 내쉬었다.

어쩌지. 일단 아야토나 주리에게 전화해서…… 라니 휴대폰도 두고 왔잖아.

다음 역에서 내려 곧장 돌아가는 수밖에 없나. 하지만 집에 있을 아빠는 꼴도 보기 싫은데.

아니지, 앞으로 1년은 만나고 싶지 않아. 순 제멋대로인 사람.

아아, 이왕 이렇게 된 거 진짜로 가출하고 싶다. 왜 언제든 가출할 수 있도록 준비해놓지 않았을까.

"소풍 가는 중? 망할 꼬맹이 씨."

어디선가 목소리가 들렸다. 가슴이 철렁 내려앉은 와온은 슬그머니 고개를 들었다. 전철 통로를 사이에 두고 맞은편 좌석에 그 여자가 앉아 있었다. 사흘 전부터 아버지 소이치로의 아내가 됐다고 하는 '가지가야' 마유미. 팔짱을 끼고 다리를 꼰 자세로 와온을 빤히 쳐다봤다. 정말이지 '버릇없다'는 시선으로.

다시 핏기가 가시는 것을 느끼며 와온은 "결혼 사기꾼……" 이라고 중얼거렸다. 마유미는 상체를 앞으로 쑥 내밀며 덜컹거리는 전철 소리 못지않게 큰 소리로 말했다.

"뭐라고? 지금 뭐라고 했어? 안 들리는데."

와온은 얼굴에 쥐가 날 것 같은 미소를 짓고는 대꾸했다.

"아니, 아무 말도……."

마유미가 자리에서 일어나 와온이 앉은 좌석으로 두 걸음 다가와 바로 옆에 앉았다. 와온이 반사적으로 엉덩이를 옆으로 빼는 바람에 마유미와의 사이에는 한 사람 몫의 공간이 생겼다.

"아빠와의 가족회의는 결렬됐어? 그래서 욱해서 집을 뛰쳐나왔나 보네."

마유미가 단박에 알아맞히자 와온은 고개를 숙이고 말았다. 얼굴이 갑자기 빨개졌다는 것을 스스로도 알 수 있었다. 키득 새어 나온 웃음소리가 들렸다.

"알기 쉬운 녀석이구나."

"꼬맹이니까요."

정색했다.

"뭐라고? 뭐라고요오?"

다시 묻는 바람에 울컥 화가 치밀었다.

"아 그냥 내버려 두라고요! 그쪽이랑은 상관없잖아요!"

이번에는 큰 소리로 맞받아쳤다. 듬성듬성 앉아 있던 다른 승객들의 시선이 일제히 와온이 앉은 쪽으로 꽂혔다. 마유미는 눈 하나 깜짝 않고 조금 전과 마찬가지로 팔짱을 끼고 다리를 꼰 자세 그대로 와온의 옆모습을 응시했다. 와온은 다시 고개를 숙였다.

문득 아까보다 훨씬 붉어진 귀에 이상한 입속말이 닿았다.

"못 내버려 둬. 왜냐면 너와 난 남이 아니잖아."

그 말은 마치 어디 모르는 나라의 언어처럼 들렸다. 의미를 알 수 없었다. 그런데도 마음이 통하는 느낌이 들었다. 고막에서 가슴 깊은 곳으로, 일직선으로 울리는 느낌이 간지러워서 와온은 고개를 저으며 중얼거렸다.

"완전 남이죠. 좀 전에 만난 사인데요."

조금 전에 막 만난 사이인데 이 사람은 나는 네 엄마라고 말했다.

아니야. 엄마는 훨씬 부드럽고 다정했어.

여리고, 열없고, 섬세하고. 마치…… 아름다운 악기. 비유하자면 비올라처럼.

이 사람은 엄마와는 정반대야. 뻔뻔하고, 끈질기고, 언뜻 봐도 강해 보여. 그래, 타악기야. 팀파니 같은 사람이야.

다음 역은 ○○역입니다. 차내 안내방송이 흘러나왔다. 전철이 서서히 속도를 줄였다. 와온은 무릎 위에 놓은 두 손을 꽉 쥐었다가 전철이 천천히 멈추는 것과 동시에 벌떡 일어나 열린 문으로 뛰어나갔다. 열차 출발 사인이 플랫폼에 울려 퍼졌다. 문이 닫히는 소리가 이어지며 전철이 움직이기 시작하는 것을 등 뒤로 확인하며 안도의 한숨을 내쉬었다.

그런데 그 순간 탁 하고 누군가 어깨에 손을 얹었다. '팀파니'의 목소리가 뒤에서 울렸다.

"벌써 돌아가게? 소풍이 참 짧기도 하지."

와온이 기세 좋게 뒤를 돌아보더니,

"따라오지 마요!"

별안간 소리쳤다. 마유미는 어안이 벙벙했다. 그리고,

"따라오지 말라니……. 우리 집이 이 역 근처인데."

그 말을 들은 와온은 어깨를 축 늘어뜨렸다.

왜인지 더는 이 사람에게서 도망칠 수 없겠다는 생각이 들었다. 적어도 지금은.

수북이 쌓아올린 책과 서류. 컴퓨터와 프린터, 끝이 뭉툭해진 빨간 색연필. 둥글게 공 모양으로 구겨 버려진 엄청난 양의 종이. 허물처럼 벗어 놓은 셔츠와 청바지. 시든 장미가 크리스털 꽃병에 꽂힌 채 축 늘어져 있었다.

널브러질 대로 널브러진 집 한구석, 작은 식탁 앞에 조심스럽게 앉은 와온은 움직이지 않았다.

"짠, 오래 기다리셨습니다. 설탕은 셀프. 브랜디는 두세 방울 떨어뜨렸어."

마유미가 부엌에서 홍차를 가득 따른 하얀 머그컵을 가져와 와온 앞에 놓았다. 톡 쏘는 알코올 향이 코를 찔렀다. 아주 좋은 향이다. 투명한 병 속에 든 각설탕을 두 개 집어 머그컵에 떨어뜨렸다. 스푼으로 저어 한 모금 마셨다.

"맛있어."

무심코 말이 튀어나왔다.

"그렇지? 소 씨도 이거 좋아해."

식탁 위에 턱을 괴며 마유미가 즐겁게 말했다. 와온은 "아빠가……"라며 기운 빠진 소리로 말했다.

마유미가 고개를 끄덕였다. 그 말인즉슨…….

"아빠가 왔었어요? 이 쓰레기장 같은 집에?"

"어허. 예술의 소우주라고 부르거라."

마유미가 곧바로 근엄하게 말했다.

와온은 홍차를 뿜을 뻔했다. 컵을 식탁에 내려놓은 뒤 참지 못하고 웃음을 터뜨렸다.

"웃지 마. 소 씨가 말한 거니까. '이 방에는 내게 필요한 거의 모든 것이 있어. 마치 소우주 같아'라고."

방음벽에 스테레오 스피커, CD, 절판된 오래된 LP판. 악보, 동서고금의 클래식 문헌. 니콜라우스 아르농쿠르의 저서. 맛있는 홍차와 각설탕, 브랜디 두세 방울.

"……그리고 너. 같은 소리를 한 건 아니겠죠?"

세기의 연애 나셨네. 진절머리가 나서 말했더니,

"그런 말은 안 했는데"라며 마유미는 웃었다.

"방음벽이라고 했죠? 이 집 방음 처리되어 있어요?"

"응."

마유미가 고개를 끄덕였다.

"음, 꽤 지저분하지만 일단 음대생이나 밴드맨들 전용 맨션

이거든."

와온은 새삼스럽게 집을 둘러봤다. 산더미처럼 쌓인 책과 LP판에 가려졌지만 상당히 훌륭한 스피커가 있었다. 벽에는 파블로 카잘스의 후계자로 꼽히던 요절한 천재 첼리스트 에마누엘 포이어만의 포스터가 붙어 있었다. 책등에 적힌 제목을 자세히 살펴보니《음악미론》,《바로크 음악은 '말'한다》등 유명한 클래식 서적이 가득했다.

이 사람 음악 전문가구나.

와온은 이 여자에 대해 아직 아무것도 듣지 못했다. 하지만 알아야 할 점들은 이미 알게 된 듯한 기분이 들었다. '가지가야' 마유미라는 이름, 아버지가 꽤 반한 듯하다는 사실. 아버지와 와온이 사는 역의 바로 다음 역에 산다는 사실, 팀파니처럼 강렬하고 강인한 이미지를 지니고 있다는 점.

그리고 아무래도 클래식에, 특히 첼로에 조예가 깊은 전문가라는 사실.

커다란 스피커가 방 네 귀퉁이에 자리 잡고 있었다. 그중 하나에 기대다시피 한 먼지가 앉은 커다란 은색 케이스가 고요히 세워져 있었다. 와온의 시선이 그 케이스로 향했다.

첼로 케이스다.

어머니가 남기고 간 첼로 케이스와 매우 비슷했다.

어머니는 예전에 자신이 연주하던 첼로를 와온에게 물려줬다. 어릴 적 와온은 분수 첼로'를 연주했지만, 초등학교 2학년이 되었을 무렵부터 어머니의 첼로를 켜게 되었다.

켜고 또 켜고, 네 신체의 일부가 될 때까지 첼로를 잠시라도 떼어놓아서는 안 돼.

어머니는 그렇게 말하며 작은 와온이 커다란 악기를 품게 했다. 첼로에 매달리다시피 한 와온은 때로는 울고 괴로워하며 소리를 내고 연주를 소화해 갔다. 어머니가 홀연히 집을 떠났을 때, 오래전부터 어머니와 와온을 가장 강하게 이어주던 그 악기가 방에 남아 있었다. 은색 케이스에 잠든 채, 기댈 곳 없는 방 한구석에 덩그러니 누워.

어머니는 나를 데려가지 않았다. 첼로도.

그 사실이 무엇보다 슬펐다.

"첼로를, 켰어요?"

은색 케이스를 바라보면서 무의식중에 물었다. 마유미는 침묵하다가 체념한 듯 한마디 내뱉었다.

"그래. 너처럼, 옛날에."

일어서더니 쌓여 있는 잡지 더미에서 책 탑이 무너지지 않도록 한 권 빼내 와온의 앞에 내밀었다. '클래식 저널'. 일본에서

---

* 풀사이즈(4/4, 60센티미터)를 기준으로 어린아이 체형에 맞도록 더 작게 만든 악기.

오랜 역사와 권위를 자랑하는 클래식 음악 잡지였다.

"나는 지금 음악 자유 기고가로 활동하고 있어. 이 잡지나 연주회 팸플릿에 기고하면서. 대단하지는 않지만 그럭저럭 입에 풀칠할 만큼은 버는 느낌이라고나 할까."

어쩐지, 와온은 납득했다. 그래서 이런 식으로 클래식 관련 자료를 산더미처럼 쌓아놨구나. 그러고는 이내 섬뜩해졌다. 대단하지 않은 수입이라면 역시 아버지의 재산을 노리고 결혼했을까?

와온이 또다시 경직되는 모습을 보고는 "왜 그래?" 하고 마유미가 물었다.

"아뇨, 뭐랄까, 그, 그쪽은, 저기, 아빠의……."

와온은 잔뜩 긴장한 채로 마음속에 커져만 가던 의심을 털어놓았다.

"아빠 재산 노리고 결혼했어요?"

잠자코 와온을 바라보던 마유미는,

"그 말은 너희 아빠가 부자가 아니었다면 결혼하지 않았을 거냐는 뜻이야?"

되물었다.

"그게, 저, 그렇게 되나요?"

와온이 묘한 대답을 했다.

으음, 마유미는 팔짱을 낀 채 생각에 잠긴 척했지만 이내 대답했다.

"부자인지 따지기 전에, 그런 타입의 지휘자가 아니었다면 결혼하지 않았을 거야."

"그런 타입이라뇨?"

"그러니까 천재지만 한심하다고 해야 하나."

"한심하다니……."

아버지를 그렇게 평하는 여자는 처음이었다.

"소 씨 말이야. 뭐랄까 칭찬받으며 성장하는 타입은 아니잖아. 항상 비판받으면서 그 이상으로 격려받고 싶어 하는 타입이라고 생각해. 한마디로 '마조히스트'라니까."

"마조……."

와온이 침을 꿀꺽 삼켰다.

"마조히스트?"

"그래. 이쯤 되면 파악했겠지만 난 기본적으로 사디스트 기질이야. 평론할 때도 '까칠'하지. 좋아하는 아티스트의 나쁜 점을 철저하게 비판해서 불을 확 질러 버려. 악마 같지?"

깔깔거리며 웃었다. 정말 악마 같다고 생각하면서 와온은 소름이 돋았다.

"너희 아빠 재산 따위 얼마나 되는지 전혀 모르고 관심도 없어. 만약 소 씨가 죽으면 네가 전부 상속받으면 되잖아? 그렇게 유서를 써 두라고 말해 놓을게. 그래, 탱글우드에 가기 전에 그런 것도 제대로 정리해 두는 게 좋겠네. 그럼 내일 변호사 부를까?"

"자…… 잠깐, 잠깐만 기다리세요! 안 그래도 돼요!"

초조한 마음을 숨기지 못한 와온은 자신도 모르게 상체를 쑥 내밀었다. 자신의 남편이 먼 길 떠나기 직전에 그런 불길한 말을 하다니, 이 사람은 정말로 사디스트, 아니 악마다.

"하지만 의심하잖아? 날. 사기 결혼이니 뭐니."

정곡을 찔린 와온은 "네" 하고 순순히 대답했다.

"……아까까지는요."

"어라?"

마유미가 뜻밖이라는 표정을 지었다.

"그럼 지금은 아니라는 말?"

와온은 고개를 살짝 끄덕였다.

"왠지 되게 솔직한 사람이라고 느꼈어요. 너무 솔직해서 사기꾼 같은 건 적성에 맞지 않겠구나 하고."

아하하. 마유미는 자못 재미있다는 듯 기분 좋게 소리 내어 웃었다.

"잘 파악했구나. '사디스트와 마조히스트 커플'이라는 말을 듣고 기가 막혔겠네. 필사적인 고백도 나쁘지 않네."

"네, 뭐."

쓴웃음을 지으며 소심하게 말했다.

"첼로를 한 사람 중에 나쁜 사람은 없다……, 아니에요?"

마유미는 말없이 미소짓더니,

"자, 그럼 브랜디 넣은 차 한 잔 더."

와온의 말이 들리지 않은 것처럼 일어났다.

"이번 잔 다 마시면 집까지 데려다줄게. 아까부터 소 씨가 자꾸 시끄럽게 굴어서."

응? 와온이 고개를 들었다. 마유미가 어깨를 으쓱하며 청바지 주머니에서 휴대폰을 꺼내 보였다.

"이거 봐, 문자 온 거. 전부 너희 아빠가 보낸 거라고."

눈앞에 들이민 휴대폰 화면, 문자 수신 기록에 '소 씨'라는 이름이 빼곡했다. '와온이 집을 나갔어'라는 제목의 문자부터 시작해 끝없는 'Re: 와온', 'Re: 와온', 'Re: 와온'의 행렬. 스무 건이나 같은 제목으로 문자를 보냈다. 와온의 눈이 휘둥그레졌다.

믿기지 않았다.

아버지가 이렇게나 열심히 문자를 보냈을 줄이야. 와온이 뛰쳐나가 이렇게나 당황했을 줄이야. 그 사실을 마유미에게 구구절절 호소했을 줄이야.

그리고 아버지가 아무리 닦달해도 와온을 곧바로 집으로 데리고 가지 않은 사실까지.

전부 믿기지 않았다. 놀랄 노 자였다. 아주 조금은 뭉클했다.

한 시간 뒤, 마유미와 와온은 다시 전철을 탔다.

이번에는 처음부터 나란히 앉았다. 아까보다 조금은 가깝게.

5

와온의 아버지 소이치로가 보스턴 교향악단 음악감독에 취임하러 떠나는 날이 마침내 하루 전으로 다가왔다.

마침내라고 해도 와온에게는 아버지가 멀리 떠난다는 불안감에서 비롯된 '마침내'가 아니었다. 그 지축을 뒤흔드는 팀파니 같은 여자, 마유미가 와온이 사는 집으로 마침내 이사를 온다. 그런 의미의 '마침내'였다.

출발 준비로 분주한 소이치로는 일단 마유미를 와온에게 소개하고 나서는 마치 자신이 결혼한 사실 따위 전혀 없었던 것처럼 마유미에 대해 더는 딸에게 이야기하지 않았다. 자신이 떠난 다음의 일이나 법률상 와온의 새어머니가 된 여자와 어떻게 지내면 좋을지 등 구체적인 조언도 전혀 하지 않았다. 조언은커녕 평소보다 늦게 귀가하고 와온이 학교에 갈 때는 이미 외출한 상태였기에 아버지와 딸은 거의 마주치지 못한 채 출발일인 내일을 맞이하고 말았다.

내일부터 한동안 만나지 못하지만 아빠가 없어도 잘 지내야 한다 등의 아버지다운 격려를 할 소이치로가 아니라는 사실을 와온도 잘 알았다.

만약 갑자기 그런 말을 한다면 오히려 당황스러우리라.

그래서 평소처럼 모르는 사이에 떠나 주는 편이 더 나았다.

"아빠 곧 보스턴으로 떠나실 때 됐지?"

그날 타이밍을 계산한 듯 종례가 끝나자마자 아야토가 말을 걸었다.

"우리 엄마가 나리타까지 배웅가신대. 소이치로 님 커뮤니티 회원 아주머니들이랑."

주리가 곧바로 말했다.

"진짜? 엄마한테 그렇게까지 하시지 말라고 말씀드려. 전철비 아까우니까."

와온이 웃으며 말하자 주리는 "와온은 안 가?"라며 의아한 얼굴을 했다.

"안 가. 필요 없어."

쌈박하게 대답했다. 아야토와 주리가 서로 마주봤다.

"왜?"

아야토가 지극히 당연하다는 듯 물었다.

"한동안 못 만나잖아? 배웅 나가야 하는 거 아냐?"

"됐어. 그런 사이도 아니고."

쌀쌀맞은 말에 아야토와 주리는 다시 시선을 마주쳤다. 와온은 "그럼 먼저 갈게"라며 가방을 들고 일어났다.

"뭔가 말이야."

주리가 일부러 느긋한 목소리로 말했다.

"와온과 와온네 아빠, 황소고집 커플 같지? 사실은 서로 좋아하는데 괜히 밀당한다고나 할까."

생각지도 못한 말을 들은 와온은 곧바로 되받아쳤다.

"딱히 밀당하는 거 아냐. 아빠는 날 터치하지 않고, 나도 아빠를 터치하지 않아. 우린 옛날부터 쭉 그랬어."

"그래도."

아야토가 심상하게 끼어들었다.

"궁금하지 않아? 아빠가 외국에서 어떻게 사실지는 별개로 어떤 식으로 지휘를 하실지, 세계적인 오케스트라를 어떤 식으로 꾸려나갈지 같은 거 말이야. 내가 가지가야 소이치로의 딸이라면 그런 게 무지 궁금할 것 같은데."

"아들이라면, 이겠지." 주리가 꼬집었지만, "아니, 지금은 역시 딸이지"라며 웃었다.

마음에 들지 않는 의견에 와온은 입을 다물었다.

물론 전혀 궁금하지 않은 것은 아니다. 보스턴 교향악단 수석 첼리스트는 과거 와온의 어머니가 심취했던 첼리스트 유리 아브라모비치가 맡고 있다. 물론 어느 연주자든 으뜸이지만 아버지가 어떻게 아브라모비치의 첼로 연주를 이끌지 은근히 궁금하긴 했다.

보스턴 교향악단 음악감독에 취임했다는 소식을 들었을 때는 설마 싶었다.

아브라모비치가 속한 오케스트라의 소리를 아버지는 어떻게 만들어 낼까?

높게 쑥 날아올랐다가 낮게 뚝 떨어지는 자유분방하고 환상적인 그 첼로를 도대체 어떻게?

현장에서, 가까이서 들어보고 싶다. 그러한 마음이 없었던 것은 아니다. 하지만 들어봤자 무슨 소용인가. 좋든 싫든 마음이나 흔들리지. 그저 마음만 흔들린다. 그뿐이다.

자신이 앞으로 첼로를 다시 연주할 것도 아니고, 공연히 음악과 가까워지고 싶지 않았다.

"왠지 멀리 있는 사람 같거든."

문득 혼잣말처럼 불쑥 튀어나왔다. 서로 웃던 아야토와 주리는 와온에게 눈을 돌렸다.

"아빠는 왠지 늘 멀리 있어서 내가 다가갈 수 없다고나 할까. 다가가지 않는 게 더 나은 것 같아. 그러는 편이 일도 더 잘 되고. 지금껏 줄곧 그래왔으니까. 그러니까 보스턴행도 정할 수 있었던 걸 테고."

"그게 무슨 핑계야?"

아야토가 대차게 지적했다.

"다가가고 싶지만 딸로서 아빠의 일을 배려하느라 다가가지 않는다는 말이야?"

"다가가고 싶은 건 아니야. 다가갈 수 없는 거지."

와온이 정색하고 대꾸했다.

"아빠는 예술가니까 그러는 편이 나아."

흐음. 주리가 책상 위에 턱을 괴며 부질없다는 듯 말했다.

"어렵게도 말한다. 우리 엄마처럼 달려가서 솔직하게 다녀오세요, 힘내세요, 라고 말하면 될 것을."

와온은 굳은 미소를 지어 보였다.

"그럼, 이만 갈게."

뒤돌아보지 않고 걸음을 재촉해 교실을 벗어났다.

분명 내일 오전 비행편이었다. 어쩌면 소이치로는 오늘 밤 나리타공항 근처 호텔에서 묵을지도 모른다. 출발 직전까지도 와온은 아버지의 일정을 전혀 몰랐다.

학교에서 집으로 돌아오니 오후 5시 전이었다. 가사 도우미 세 명 중 한 명이 5시까지 근무하면서 저녁 식사 준비를 할 시간이었다. 마유미가 집으로 들어와도 분명 가사 도우미들은 여전히 고용하겠지. 그 사람은 집안일을 전혀 못 하는 듯한데 그 점은 아버지 역시 알고 있겠지, 따위의 생각을 하며 현관문을 열었다. "다녀왔어요?"라는 가사 도우미의 온화한 대답을 기대하며 "다녀왔습니다"라고 소리 내어 말했다. 하지만 대답은 들려오지 않았다.

현관에는 가사 도우미의 것으로 보이는 신발 대신 굽 낮은 낡은 펌프스가 아무렇게 나동그라져 있었다. 그 순간 나쁜 예감이 엄습했다.

발소리를 죽이고 부엌으로 들어갔다. 아니나 다를까 '팀파니 마유미'가 문을 등지고 식탁 앞에 앉아 있었다. 이번에는 아이팟으로 무언가를 듣고 있는 듯했다. 볼펜을 쥔 오른손이 허공에서 붕붕 춤을 췄다. 와온은 그 자리에 못 박힌 듯 서서 호리호리한 뒷모습을 바라봤다.

"포르테!"

갑자기 큰 소리가 터져나왔다. 와온은 깜짝 놀라 어깨를 들썩였다.

"포르테! 포르테피아노!"

마유미는 두 팔을 번쩍 들며 천장을 올려다봤다. 엄청 몰입했네. 와온은 반은 기가 막혔고 반은 감탄했다. 아버지가 지휘에 몰두한 느낌과 조금 비슷했다. 도대체 무엇을 듣는 거지?

빰, 빰, 빰! 오케스트라 연주의 클라이맥스가 헤드폰에서 새어 나왔다. 저 사람 도대체 얼마나 크게 듣는 거야. 와온은 더욱 기가 막혔다.

후우. 한숨을 내쉬고 헤드폰을 벗었다. 마유미가 자리에서 일어나 드디어 뒤를 돌아봤다. 와온이 우뚝 서 있는 모습을 발견하고는 "어라?"하고 이상한 소리를 냈다.

"뭐야 왔어? 다녀왔습니다, 인사 정도는 하라고."

"했어요."

와온이 대꾸했다.

"베토벤을 그렇게 크게 들으니 내가 '다녀왔습니다'라고 인사하는 소리도 안 들리죠."

마유미가 아차 싶은 표정을 지었다.

"어떻게 알았어? 내가 베토벤 들은 거."

"교향곡 4번이죠? 마지막 세 소절, 헤드폰을 뚫고 나오더라고요."

그렇게 대답하고는,

"'포르테 피아노!'라고 소리치기도 했고."

라고 덧붙였다. 마유미는 씨익 웃으며 팔짱을 꼈다.

"역시. 대단한데."

"뭐가요?"

와온은 시큰둥하게 대꾸하고는 부엌 아일랜드 식탁으로 다가갔다. 그리고 인덕션 레인지 위에 나란히 놓인 냄비를 차례로 열어 속을 확인했다. 전부 텅 비어 있었다.

"비었네."

와온은 중얼거리더니 마유미를 돌아봤다.

"저기……, 없는데요?"

"뭐가?"

마유미가 손가락으로 아이팟을 만지작거리며 되물었다.

"내 저녁밥이요."

"응?"

마유미는 머리에 다시 쓴 헤드폰을 벗으며 되물었다.

"뭐라고?"

"아, 저녁밥이요. 가사 도우미 아주머니가 지어주는 저녁밥. 항상, 여기, 이 냄비에 담아 두거나 접시에 랩을 씌워 인덕션 위에 올려 두고 가시는데요."

"아아, 그거 말이야? 그런 건 오늘부터 없어."

뭐라고요? 와온이 되물었다.

"그게 무슨 뜻이에요?"

"무슨 뜻이냐니, 그런 뜻이야. 오늘부터 이 집에 가사 도우미 는 안 와."

네에!? 와온이 기겁했다.

"무슨 소리를……. 그럼 오늘부터 뭘 먹어요!?"

마유미가 와온을 물끄러미 바라보더니 말했다.

"너 바보야? 고등학생이잖아, 스스로 뭘 만들어야겠다거나 사와야겠다는 생각은 못 해?"

순간 와온의 얼굴이 붉어졌다.

"우…… 우리 집은 아빠와 딸만 사는 집이라 옛날부터 요리 는 가사 도우미 아주머니에게 부탁드렸어요! 좋아서 그런 거 아니라고요! 바빠서 집안을 돌보지 못 하는 아빠가 그렇게 한 거예요!"

엉겁결에 변명조로 말하고 말았다. 마유미가 가볍게 소리 내며 웃었다.

"바보 아빠와 바보 딸이 모인 집안이네. 어쩔 수 없지, 그러면 스스로 밥을 차려야겠다는 생각은 못 하겠지."

와온의 얼굴이 분노와 부끄러움으로 더욱 붉어졌다. 이 사람, 진짜 '사디스트'다…….

"저기 있잖아, 바보 따님. 오늘부터 자기 일은 스스로 하는 거야. 이 집에서는 그러기로 했어."

'망할 꼬맹이' 다음은 '바보 딸'이라니. 이렇게까지 노골적으로 괴롭히니 오히려 재미있을 정도였다. 나도 아빠와 같은 마조히스트가 될 운명인가 싶어 겁이 나면서도 일단 되받아쳤다.

"오늘 막 이 집에 온 신입한테 그런 소리 들을 이유 없어요."

"아 그래. 그럼 그러지 뭐. 아무튼 난 내 일은 내가 스스로 할게. 네 일은 하나도 안 해줄 테니까 그렇게 알렴."

"네에 네에, 됐네요. 내 일 정도는 스스로 할 수 있거든요?"

마유미가 씨익 웃었다.

"그래. 그럼 되겠네. '자기 일 정도는 스스로' 해야지. 그게 당연하잖아?"

흠칫 놀랐다. 폭언에 폭언으로 맞받아치다 보니, 그만 '스스로 하겠다'고 선언하고 말았다.

"아아, 진짜, 나 바본가."

와온이 자신의 머리를 콩콩 두드렸다.

"맞아, 바로 그 상황."

마유미가 즐겁다는 듯 웃었다.

역시 아무래도 이 사람이 한 수 위다. 포기하고 부엌을 나왔다.

2층 자신의 방으로 들어가 침대에 몸을 던졌다. 좋아하는 aiko의 노래라도 들으며 마음을 달래려고 아이팟을 찾아 책상 위를 더듬는데, 없다.

이상하네, 어제 여기 두었는데…… 하면서 찾다가 퍼뜩 생각이 미쳤다.

'아까 그 베토벤!?'

쿵쿵거리며 계단을 내려갔다. 아래층에 마침 얇은 코트를 입은 마유미가 서 있었다.

"내 아이팟!?"

와온이 갑자기 마유미를 잡아먹을 듯 소리쳤다. 마유미는 멀뚱히 서 있었다.

"아까 내 아이팟 썼죠!? 나 베토벤 같은 건 한 곡도 넣어두지 않았는데!?"

"아아, 이거?"

마유미가 코트 주머니에서 아이팟을 꺼냈다.

"오늘 한가해서 이것저것 다운로드했어."

마유미의 손에서 아이팟을 빼앗아 '아티스트 리스트'를 스크롤했다. '파블로 카잘스', '유리 아브라모비치', '니콜라우스 아르농쿠르', '요요마', 그리고 '가지가야 소이치로'까지, 'aiko'나 '이키모노가카리'와 한데 섞여 새 다운로드 목록이 줄줄이 나타났다. 와온은 온몸의 피가 싸늘하게 식었다.

"뭐, J-POP도 좋지만 가끔은 고전적인 음악도 듣는 게 어때?"

마유미가 산뜻하게 말했다. 와온은 어깨를 축 늘어뜨렸다. 그 어깨를 두드리며 그녀가 말했다.

"나가자."

마유미가 활기차게 말했다. 와온은 고개를 들며 물었다.

"어딜요?"

"역 앞 라멘집. 오늘 저녁은 내가 쏠게."

신바람이 나서 낡은 펌프스를 신었다. 그리고 어리둥절하게 서 있는 와온을 향해,

"소 씨도 온대."

싱긋 웃으며 말했다.

"내일부터 당분간 못 보잖아. 가족끼리 최후의 만찬으로 라멘이 좋겠다고 소 씨가 제안했어."

마유미가 빨리 가자고 재촉하며 문을 열었다. 와온은 정신

을 차리고 서둘러 신발을 신었다.

가지가야 소이치로 협연자 유리 아브라모비치

3년 전, 소이치로가 단 한 번 아브라모비치와 협연한 공연. 가슴 떨리는 차이콥스키를, 와온은 그날 밤 잠들기 전에 아이 팟으로 들었다. 딱 한 번.

6

특별히 자랑은 아니지만 와온의 집은 그럭저럭 크다.

도쿄 유수의 고급주택가, S구 S초에 산다. 그런 부분에 민감한 사람에게 집 주소를 알려주면 오호 하며 호기심을 보이거나 허어 하고 탄식하겠지. 그렇지만 와온은 철이 들었을 때부터 이 집에 살다가 어머니가 집을 나간 뒤로는 보통 가사 도우미의 보살핌을 받았기에 무엇이 대단한지 감이 오지 않았고 자신이 흔히 말하는 '아가씨' 같은 삶을 누리고 있다는 자각도 없었다. "그런 마인드가 바로 아가씨라니까"라며 아야토와 주리는 웃었다. 고등학생이 된 이후로는 오히려 '그런 마인드'까지 재미있어 해주는 친구들을 마침내 얻었다. 그러나 이전에는 '그런 마인드'를 이해받지 못해 마음을 나눌 친구를 만나지 못했다.

역에서 걸어서 10분, 높직한 언덕 위에 와온의 집이 있다. 나름대로 넓은 정원은 치자나무와 수국으로 가꾸어져 있다. 어머니는 6월생이라서 이 집에 이사 왔을 때 6월의 꽃들을 골라 심은 듯했다.

비의 계절이 오면 은은한 치자나무 향이 정원을 가득 채우고, 어느샌가 싱그러운 흰 꽃과 파란 꽃들이 정원을 가득 메운다. 그것은 수채화처럼 담담하고 촉촉한 풍경이었다.

와온은 특별히 비에 젖어 묵직한 고개를 숙인 수국을 바라보는 것을 좋아했다. 정원에 보슬보슬 내리는 비도. 빗소리에 귀를 기울이면 어느새 쇼팽이나 슈베르트의 선율이 머릿속에서 흘렀다. 자연스럽게 손가락이 그 선율을 쫓으며 와온의 첼로가 연주를 시작했다. 어머니는 늘 말했다, "6월의 소리야"라고. 조금 눅눅하지만 마음을 흠뻑 적시는 소리. 그렇게 말하며 평소에는 엄했던 레슨 시간에도 칭찬을 베풀었다. 그래서 와온은 비의 계절도 싫지 않았다.

치자나무가 향기를 내뿜기 시작하면 곧 어머니의 생일이 다가왔다. 그날만큼은 아버지가 꽃다발을 한 아름 안고 일찌감치 집에 돌아왔다. 그리고 세 식구는 외식을 나가기도 하고 어느 해에는 케이터링을 불러 조촐한 파티를 열기도 했다.

늘 못마땅한 얼굴을 하던 아버지도 어머니의 생일에는 다정해 보였고, 어머니는 순수하게 기뻐 보였다. 그날이라고 한정 짓는 이유는 평소에는 부모님이 함께 있는 모습을 본 기억이 그다지 없기 때문이다. 그래서 평소 두 사람이 사이가 좋았는지 나빴는지 어린 와온은 잘 몰랐다. 종종 세 식구가 함께 보내는 시간—어머니의 생일과 와온의 생일—만큼은 화목하게 보내려고 연출했는지도 모른다. 설령 그렇다고 해도 좋았다. 서로 외면하고 어긋나는 두 사람을 보는 것보다는 훨씬.

그리고 벚나무. 거실에서 보이는 가장 양지바른 곳, 2층에 있는 와온의 방에서 꽃을 매우 가까이서 볼 수 있는 곳에 벚나무가 심겨 있다. 11월생인 와온이 세 살이 되었을 때 생일을 기념해서 수령 3년이 된 벚나무를 옮겨 심었다. 그러니까 지금은 와온과 같은 열다섯 살. 줄기가 꽤 굵어졌고 봄에는 꽃을 흐드러지게 피운다. 아직 풋풋하지만 훌륭히 자라서 꽃을 피운다. 봄이 올 때마다 이 벚나무가 꽃을 피우는 모습을 보고 그동안 와온은 용기를 얻었다. 열 번째 생일, 열두 번째 생일. 열네 번째 생일, 그리고 열다섯 번째 생일. 생일 축하해 하고 와온은 마음속으로 벚나무를 축복했다. 봄이 돌아올 때마다 꽃다발을 가득 선물하는 동갑내기 친구. 어머니가 사라졌어도, 늘 아버지가 없어도, 묵묵히 와온을 지켜봐 주는 수호자. 벚나무를 그렇게 여겼다.

도로로 난 문을 지나 정원으로 들어서고, 정원을 빠져나와 현관문 앞에서 문을 열고 집으로 들어간다. 현관은 통층 구조로 지어져 더욱 넓어 보인다. 직선으로 이어진 복도가 있고 오른쪽 바로 앞에는 거실. 왼쪽에는 완벽한 방음 시설을 갖춘 연습실, 그랜드 피아노가 놓여 있다. 연습실 옆방이 아버지의 서재. 복도 막다른 곳이 식당. 식당 안쪽에 부엌. 부엌 옆에 욕실이 있다.

　현관에서 나선형 계단을 빙글빙글 올라 2층으로 간다. 처음 나오는 방이 와온의 방이다. 그 맞은편이 아버지의 침실. 그 옆이 어머니의 방이었던 곳. 지금은 창고나 다름없다. 와온의 방 옆방이 손님방. 그 옆이 손님용 욕실. 그 맞은편이 도서실.

　도쿄에서 이 정도 크기의 단독 주택은 대단한 물건이리라. 이 집만 봐도 가지가야 소이치로가 빠른 성공을 거둔 음악가라는 사실을 한눈에 알 수 있다.

　그 넓은 집에, 와온은 이혼한 어머니가 떠난 열한 살부터 거의 혼자 지내왔다. 물론 밤이 되면 아버지가 돌아오지만 연주 여행으로 오랫동안 떠나 있던 적도 많았다. 중학생이 되기 전까지는, 아버지가 오랫동안 집을 비울 때면 늘 아버지 소속사의 여직원들이 순서대로 집에 머물렀다.

　여직원들은 모두 상냥했지만 왜인지 부스럼을 만지는 것처럼 와온을 대했다. 와온은 그 점이 무척이나 기분 나빴다. 언니들 앞에서 와온은 항상 착한 아이를 연기했지만 마음의 문은 조금도 열지 않았다.

젊은 여직원들은 하나같이 가지가야 소이치로의 집에 묵으며 그의 딸을 돌본다는 사실에 감격한 듯했다. 개중에는 이번 일을 계기로 스타 지휘자와 특별한 관계로 발전하는 것을 계획한 여성도 있었다. 확실하지는 않지만 그들의 행동이나 와온에게 물어오는 질문으로 어렴풋이 눈치채고는 했다. '이 사람은 아버지에게 마음이 있다'고 표현하는 법조차 몰랐던 딸은 혼자서 마음속으로 '느낌이 좋은 언니', '기분 나쁜 언니'로 가려 나누며 '기분 나쁜 언니'에게는 특히 마음의 문을 단단히 닫아 잠갔다. 그 사실을 아버지에게 알리는 일은 물론 없었다.

와온이 중학생이 된 것을 구실로 "이제 집에 언니들 안 와도 돼"라고 아버지에게 의사를 표시했다. 아버지는 하룻밤 고심한 뒤 알겠다고 대답했다.

넌 어른은 아니지만, 어린아이도 아니야. 그러니까 이제 혼자서도 괜찮다. 이 말이지?

아버지는 그렇게 말했다. 와온의 마음을 완벽하게 알아맞힌 해석이었다.

카나리아가 사라지고, 어머니가 떠나고, 첼로를 버리고. 열 살 무렵부터 줄곧 아버지에게 반감을 품고 성장한 와온이지만 그 순간만큼은 어라? 하는 놀라움이 가슴을 스쳤다. 마치 새가 하늘로 날아오르는 것처럼.

아빠가 날 이해하나?

그럴 리 없다고 의심하면서도 이해받았고 신뢰받았다는 생각이 아주 조금은 와온의 마음을 밝혀 주었다.

그 이후로 와온은 스스로 결정해 왔다. 통금시간을 지키고 밤에는 외출하지 않고 친구를 함부로 집에 초대하지 않는다. 아버지가 강요한 적은 한 번도 없다. 전부 와온 스스로 정해서 자신과의 약속을 지킬 뿐이었다.

그렇게 살아왔다. 분명 다른 사람이 부러워할 '저택'일지는 모르지만, 어딘가 외롭고 쓸쓸한 텅 빈 이 집에서. 열다섯 살 소녀 혼자 살기에는 너무 넓은 이 집에서.

텅 빈 집에서 아버지가 사라졌다.

10월 1일, 아버지 가지가야 소이치로는 보스턴 교향악단 음악감독으로 취임하러 비행기를 타고 나리타 공항을 떠났다. 수많은 언론과 관계자들의 배웅을 받으며. 눈을 뜰 수 없을 정도로 플래시가 터지고 품에 다 안을 수 없는 꽃다발을 받으며 사람들이 일제히 손을 흔드는 가운데 소이치로는 탑승 게이트를 향해 담담하고 여유롭게 걸어갔다.

그러나 소이치로를 배웅하는 무리 중에 와온과, 지금은 소이치로의 아내가 된 마유미의 모습은 없었다.

그때 와온은 당연히 학교에서 수업을 듣고 있었다. 가장 안달복달한 사람은 1학년 3반 담임 다카자토치 나쓰였다. "아빠가 떠나시는 날이니 결석해도 괜찮아. 나리타에 가서 배웅해드리럼"이라며 와온에게 결석하라고 다그칠 정도로 마음을 졸이는 것처럼 보였다. 와온은 정중하게 사양했다. 등교 거부라는 말은 들어봤는데 결석 거부라는 말도 있나? 퍽 이상한 모양새였다.

마유미는 나리타까지 배웅 나가지 않겠거니 생각했는데, 아니나 다를까 예상을 벗어나지 않았다. 와온이 등교할 때 마유미는 아직 침실에서 잠에 빠진 듯했다. 와온은 평소처럼 혼자 토스트와 커피만 차려 간단하게 아침 식사를 마치고 등교 준비를 하고 나서 발소리를 죽이고 집을 나섰다. 자신의 집에서 도둑처럼 나올 필요는 없지만 그 사람을 깨우고 싶지 않았다.

재혼했다는 사실을 아버지가 주변에 어떻게 전했는지, 아니면 전하지 않았는지 모른다.

하지만 마유미는 주변에 자신의 존재를 알리지 않으려는 듯한 구석이 있었다. 자신과의 결혼으로 외부에서 사생활을 들쑤셔 소이치로가 일에 집중하지 못하게 될까 봐 염려된다. 틀림없이 그런 생각이리라.

그래서 분명 나리타로 배웅 나가지 않았겠지. 그런 예감이 들었다.

마유미의 생각은 사실 와온의 생각에 가까웠다. 자신이 등
장해서 아버지와 자신의 생활이 들춰지는 일은 사양이었다.
본심을 말하자면 그 일로 아버지의 일에 무언가 영향을 미치
는 것은 최악이라고 생각했다. 아버지에게 너 때문에 연주를
망쳤다는 말은 듣고 싶지 않았다.

괜찮다. 항상 그늘에 숨어 있으면. 위대한 예술가의 그늘에
숨어 가만히 몸을 웅크리고 있으면. 절대로 주제넘게 나서지
않으면 아버지의 최고의 연주가 완성될 테니까.

왜일까. 마유미도 비슷한 감정을 품고 있는 듯했다. 그래서
아침에 마유미가 일어나서 얼굴을 마주하는 상황은 피하고 싶
었다. 어머, 너도 나랑 똑같구나, 소 씨를 방해하고 싶지 않구
나. 알아맞힐 것 같았기 때문이다.

소이치로는 어젯밤, 마유미와 와온과 함께 역 앞에서 '최후
의 만찬'으로 라멘을 먹고 나서 집에 돌아와 커피를 한 잔 마시
고는 브리프케이스 하나만 들고, 데리러 온 차를 타고 뒤도 돌
아보지 않고 떠나 버렸다. 사전 회의와 회견이 있어서 공항 근
처 호텔에서 묵겠다고 했다.

"아, 그래. 그럼 다녀와요."

마유미도 몹시 쿨하게 반응했다. 소이치로는 문 앞에서 아
내와 딸 모두에게 그럼 간다며 쓴웃음 같은 미소로 인사하며

지체하지 않고 차에 탔다. 차는 눈 깜빡할 사이에 밤길 저편으로 사라졌다.

두 사람이 너무나도 쌈박해서 와온은 맥이 탁 풀리고 말았다.

명색이 부부면서 앞으로 반년이나 일 년은 만나지 못할 텐데 저렇게 쿨하게 헤어져도 되는 거야?

"그걸로 괜찮아요?"

와온은 아버지가 떠난 뒤 현관으로 돌아가려던 마유미에게 무심코 물었다. 마유미는 달빛 아래서 이상하다는 얼굴을 했다.

"그걸로라니 뭐가?"

"아니, 그러니까……."

와온은 머뭇거렸다.

"앞으로 한참을 못 볼 텐데, 좀 더 이렇게, 포옹이라든지 키스라든지……."

"엥?"

마유미는 기차 화통을 삶아 먹은 듯 얼빠진 소리를 냈다.

"방금 뭐라고 했어?"

버릇인지, 이 사람은 가끔 이런 식으로 "뭐라고 했어?"라며 깜짝 놀랄 만큼 큰 소리로 되묻고는 했다. 그 말투가 마음에 걸렸다. 이번에는 큰 소리로 말했다.

"그, 러, 니, 까! 키스나 포옹 같은 거 안 해도 되냐고요!"

말하자마자 금세 자신의 얼굴이 새빨개졌다는 것이 느껴졌다. 마유미는 와온의 얼굴을 뚫어져라 처다보다가 참을 수 없다는 듯 입을 크게 벌리고 호쾌하게 웃기 시작했다. 또 나왔네, 요괴 팀파니 포르티시모. 와온은 속으로 꿍얼거렸다.

"아아, 진짜 웃기네. 순정만화를 너무 본 거 아냐? 아니지, aiko를 너무 들은 거야."

겨우겨우 웃음을 멈춘 마유미는 숨을 크게 몰아쉬었다.

"'키스와 포옹'. 좋네, 그런 것도. 언제 한번 소 씨한테 해달라고 할까."

"언젠가가 아니라 아까 했어야죠."

기회를 놓치지 않고 지적했다. 이번에는 후홋, 하고 미소지으며 중얼거렸다.

"그렇지. 하지만 그러면 말해 버릴 것 같은 걸. '가지 말라고'."

이번에는 와온의 눈을 보지 않았다. 문득 달빛이 내려앉은 하얀 옆얼굴에 쓸쓸한 그림자 같은 것이 스쳤다.

가슴 깊은 곳이 찌릿 아팠다. 그 통증을 감추듯 와온은 두 손으로 가슴을 꾹 눌렀다.

자, 욕조에 몸이라도 담글까. 마유미는 묘하게 기운찬 모습으로 현관으로 향했다. 그 뒷모습이 문 너머로 사라지는 내내 와온은 홀로 달빛 정원에 서 있었다.

"있잖아, 와온. 오늘 괜찮으면 주리랑 같이 우리 집에 올래?"

방과 후 하교 준비를 하는데 아야토가 말을 걸었다.

"곧 중간고사잖아? 솔직히 우리 엄청 위험해. 와온, 영어 잘하지? 괜찮으면 노트 같은 거 복사해서 영어 좀 가르쳐 주면 안 될까?"

아야토는 어쩐지 멋쩍어 보였다. 한껏 변명하는 느낌이었다. 그래서 여자아이를 집에 초대해본 적이 그리 많지 않다는 사실을 알아차렸다.

친해진 지 반년이 지났지만 와온은 아야토의 집에도 주리의 집에도 놀러 간 적이 없다. 와온이 유명 지휘자의 딸임을 두 사람이 배려해서였다. 두 어머니 모두 와온 아버지의 대단한 팬이기도 했고, 와온을 집에 초대하면 금세 어머니들의 먹잇감이 되리라는 것은 불 보듯 뻔했다. 아야토와 주리는 비록 식구라도 친구를 누군가의 호기심에 노출시키고 싶지 않다는 마음에서 와온을 집에 초대하거나 와온의 집에 우르르 몰려가지 않았다. 친구들의 배려를 느낀 와온은 진심으로 고마웠다.

그런데도 굳이 초대한 이유는 분명 아버지가 외국으로 떠나 '혼자 남겨진' 와온에게 힘이 되고 싶었기 때문일 테다. 와온은 '새엄마'가 생겼다는 사실을 아직 아무에게도 말하지 않았다. 마냥 숨길 수도 없고 걱정도 살 테니 오늘 전부 털어놓기로 마음을 정하고 아야토의 초대를 받아들였다.

"고마워. 그럼 오는 거다?"

아싸. 아야토가 손뼉을 쳤다. 그 모습이 무척 기뻐 보여서 자신까지 기쁜 동시에 쑥스러워졌다. 딱히 남자친구의 집에 가 부모님을 소개받는 자리도 아니고, 단둘이 아니라 주리도 함께인데.

"그럼, 오늘은 와온 선생님이네!"

주리가 와온의 어깨를 얼싸안았다. 응, 하고 와온은 얼굴을 붉히며 고개를 끄덕였다. 아야토는 곧바로 어머니에게 문자를 보냈다. 금세 답장이 온 듯 와온과 주리에게 즐겁게 그 사실을 알렸다.

"엄마가 말이야, 괜찮으면 오늘은 저녁도 먹고 가라서. 그래 봤자 돈가스 같은 걸 테지만, 우리 엄마표 돈가스 장난 아니게 맛있거든."

"진짜? 아싸!"

주리가 매우 좋아했다. 와온도 고개를 끄덕이다가 아, 하고 생각이 미쳤다.

그 사람, 어떡하지.

마유미의 얼굴이 갑자기 눈앞에 떠올랐다. 어제 달빛 아래서 순간 보였던 쓸쓸한 미소가.

일단 문자를 보내 둘까 하고 휴대폰을 꺼내고 나서야 그러고 보니 아직 휴대폰 번호를 모른다는 사실이 떠올랐다.

됐어.

휴대폰을 집어넣었다.

그 사람과 나는 딱히 진짜 모녀 사이도 아니고.

자신의 일은 스스로 한다. 그렇게 말한 사람은 그 사람이다. 그 사람은 그 사람대로 저녁을 먹고 좋을 대로 시간을 보내겠지. 베토벤 같은 곡을 혼자서 들으며.

그렇게 생각한 순간, 낯선 감정이 와온의 가슴을 얼핏 어루만졌다. 가을바람이 잔잔한 호수를 스쳐 지나가듯.

부엌에서 첼로 선율에 귀를 기울이는 호리호리하고 쓸쓸한 등.

팀파니가 아니라 첼로 A현의 애달픈 울림이 고막 깊숙한 곳에 어른거리다 사라졌다.

7

아야토의 집 현관에 한 걸음 들여놓은 순간, 이상한 냄새를 맡았다.

역한 냄새가 아니었다. 무슨 냄새냐고 하면 좋은 냄새. 사람 냄새라고 표현하면 적절하리라. 토스트와 털실과 비누와 잡지와 책 냄새가 뒤섞인 듯한. 사람이 살고 호흡하고 웃고 잠을 자는. 포근한 삶의 냄새.

"……냄새가 나."

와온이 불쑥 중얼거렸다.

"응? 무슨 냄새?"

주리가 곧바로 고개를 돌리며 코를 킁킁댔다.

"큰일났다. 아빠 때문에 아저씨 냄새 나는 거 아냐?"

아야토는 운동화를 허겁지겁 벗어 던지고는 집 안으로 뛰어들어갔다.

"엄마, 큰일났어! 페브리즈 어딨지!? 아빠 냄새 어쩔 거야!"

타닥타닥 슬리퍼를 울리며 아야토의 어머니가 나왔다.

"아빠 냄새라니, 무슨 소리니?"

아야토를 흘겨본 뒤 두 소녀를 향해 생긋 웃었다.

"어서 오거라. 주리, 와온. 누추한 곳이지만 어서 들어오렴."

분홍색 새 슬리퍼를 현관 앞에 놓아주며 반갑게 인사했다.

"아야토가 여자아이를 데리고 온 건 난생처음이라 아까 허겁지겁 백엔숍에 가서 이 슬리퍼를 사 왔지 뭐니."

"아, 쓸데없는 소리 하지 마, 진짜."

아야토의 얼굴이 빨개졌다. 와온과 주리는 키득키득 웃으며 "실례합니다" 하고 슬리퍼를 신었다.

와온이야말로 남자아이의 집에 놀러 온 것은 난생처음이었다. 설레는 가슴을 안고 계단을 올라갔다. 지극히 평범한 단독주택, 그러나 가족들의 모습이 가득 묻어 있었다. 회사원 아버지, 전업주부 어머니, 대학교 3학년 형. 가끔 다투기도 하지만 화목한 네 가족. 사람 냄새가 이렇게 진하게 느껴지는 집은 정말 오랜만이었다.

"어수선하지만 대충 앉아. 아, 와온은 한가운데 안고. 오늘은 선생님이니까."

세 사람은 방 한가운데에 놓인 작은 탁자를 둘러싸고 아야토가 대충이라고 말하면서 정해준 자리에 앉았다.

"제법 깔끔하네."

주리가 유심히 방을 둘러봤다. 와온은 도저히 주리처럼 노골적으로 방 구경을 할 수 없었다. 서둘러 가방을 열고는 영어 교과서를 꺼냈다.

"그럼 바로 프랙티스 8부터 복습하겠습니다."

"와, 뭐냐. 이렇게 갑자기!"

"선생님, 너무 빡빡하다!"

두 사람은 저마다 떠들며 교과서를 꺼냈다.

그사이에 아래층에서 맛있는 냄새가 풍기기 시작했다. 된장국 냄새다. 치익 하고 튀기는 소리도 들렸다. 처음에는 열심히 교과서를 읽고 필기하던 와온과 주리는 어느덧 손을 멈추고 턱을 괴었다.

"아, 배고파."

주리가 중얼거렸다.

"나도."

와온이 뒤이어 말했다.

"아 진짜, 공부가 안 되잖아! 때려쳐! 밥이나 먹자!"

아야토가 크게 외치고는 교과서를 덮었다. 찬성! 나머지 둘도 한목소리로 교과서를 덮었다. 그러고는 신나게 계단을 내려가 식당으로 들어갔다.

"어머? 공부 벌써 끝났니?"

한창 돈가스를 튀기던 어머니가 뒤를 돌아봤다.

"배고파서 공부가 안 돼."

아야토가 대답했다. 어이구, 잘났다. 어머니가 웃었다.

"곧 다 되니까 거실에서 기다려. 아야토, 냉장고에 캔콜라 있으니까 꺼내주고."

세 사람은 한 손에 캔콜라를 들고 거실로 갔다. 문을 열자 창가에 놓인 업라이트 피아노가 바로 눈에 들어왔다.

"오. 어머니 피아노 치셔?"

와온이 무심결에 묻자 뜻밖의 대답이 되돌아왔다.

"아니. 내가 치는 거."

뭐! 와온과 주리는 동시에 소리를 질렀다.

"말도 안 돼. 그런 말 한 번도 안 했잖아?"

주리가 진심으로 놀라며 말했다.

"부끄럽게 그런 말 어떻게 해. 딱히 대단한 실력도 아니고."

아야토가 반대쪽으로 고개를 휙 돌리며 변명했다. 와온은 자연스럽게 피아노로 다가갔다.

"잠깐 쳐 봐도 돼?"

물었다. 주리가 오호 하며 이번에는 감탄 섞인 소리를 냈다.

"역시 와온도 칠 줄 아는구나? 음악가 집안 딸이면 그게 당연한가?"

"쇼팽 같은 거 엄청 잘 치고 그래?"

아야토도 흥미진진한 기색이었다.

"설마."

씁쓸하게 웃은 와온은 피아노 전체를 바라봤다. 그러고는 조용히 뚜껑을 열었다.

땅, 땅 하고 손가락으로 건반을 몇 개 두드려봤다. 그 뒷모습을 아야토와 주리가 지켜봤다. 쇼팽의 즉흥 환상곡이라도 치려는 것일까 기대하는 모습이었다.

"아야토, 매일 치지?"

고개를 돌린 와온이 문득 아야토를 향해 물었다. 아야토는 깜짝 놀랐다.

"어떻게 알았어? 혹시 천재 조율사야?"

와온이 어깨를 으쓱했다.

"피아노 주변에 아무것도 안 놨잖아. 왜, 별로 안 치는 피아노 위에는 커버 같은 걸 씌워놓거나 인형이니 액자니 잔뜩 올려놓잖아?"

"아. 듣고 보니 그렇네."

주리가 또다시 감탄했다.

"그러고 보니 우리 집 피아노 위에도 이것저것 올려놨어. 인형 뽑기로 뽑은 피카츄 인형 같은 거."

"그런 거 올려놓지 말라고."

아야토가 주리의 뒤통수를 가볍게 밀었다.

"꽤 진지하게 치는 거야?"

와온이 물었다.

"진지하다고 해야 하나……, 뭐 그냥저냥. 실은 음대에 가려고 생각했던 시기도 있었어."

"헐!?"

주리가 또다시 얼빠진 소리를 냈다.

"음대라니, 완전 진지한 거잖아!? 콜라식이니 뭐니 관심 없다고 말한 주제에."

"뭐, 옛날 옛적에 포기했어. 음대에 가려면 돈이 꽤 많이 드니까. 더 좋은 피아노를 사야 하고 입시 때문에 좋은 선생님한테 레슨을 받아야 하고. 그렇게 고생해서 음대에 들어간 다음에는 반드시 피아니스트가 되어야만 하고."

"왜? 왜 '반드시 되어야만' 해?"

와온이 끼어들었다.

"왜냐니……."

아야토가 말끝을 흐렸다.

"고등학교도 일반고에 다니는 데다가 음악과가 있는 고등학교에 다니는 애들에 비하면 연습도 완전 부족하잖아. 그리고 나처럼 평범한 사람한테는 근본적으로 피아니스트가 될 여러 가지가…… 그러니까 재능이나 가정환경이 갖추어져 있지 않으니까."

와온의 시선이 피아노 건반으로 향했다. 그리고 말했다.

"이상해, 결과를 벌써 단정 짓다니. 아직 아무것도 시작하지 않았잖아."

아야토가 깜짝 놀라 와온을 바라봤다. 와온은 땅 하고 건반을 다시 두드리고는 고개를 들었다.

"뭐래니. 내 코가 석 잔데. 나도 그랬거든."

주리가 이상하다는 얼굴로 말했다.

"뭐라고? 그게 무슨……."

물으려던 순간, 거실 문이 열리고 아야토의 어머니가 노래를 부르듯 말했다.

"오래 기다렸지, 밥 다 됐어요. 돈가스 식기 전에 먹자."

네, 대답한 와온이 피아노 뚜껑을 닫았다.

이 피아노 관리가 잘 되어 있다.

건반 몇 개를 두드려 보고는 제대로 조율되어 있다는 사실을 귀로 느꼈다. 그래서 눈치챘다. 아야토가 취미가 아니라 상당히 진지한 마음으로 피아노를 친다는 사실을.

소리를 내지 않는 악기만큼 가여운 것은 없다. 악기는 사람의 손이 닿아 음악을 연주할 때 비로소 악기가 된다.

이 피아노는 행운아라고 생각했다.

아야토가 소중하게 다루니까. 매일매일 아끼면서.

아야토 집에서의 저녁 식사는 생각보다 즐거웠다.

상당히 의욕 충만하게 준비했는지 아야토의 어머니가 직접 만든 요리로 상다리가 부러질 정도였다. 돈가스, 닭튀김, 마카로니 샐러드, 호박 다진 고기 조림, 소송채 무침, 채소볶음. "오늘은 진수성찬이네"라며 집에 돌아온 아야토의 아버지와 형도 눈이 휘둥그레졌다.

화기애애, 참으로 시끌벅적한 식탁이었다. 아버지와 형은 맥주를 권커니 잣거니 마셨고 아야토와 아이들은 콜라로 건배하며 합세했다. 어머니는 분주하게 빈 그릇을 채우고 접시를 내왔다 치웠다 했다. 어머니는 와온 아버지의 열렬한 팬이라고 들었는데 아버지 가지가야 소이치로에 대해서는 한마디도 꺼내지 않았다. 아야토가 미리 일러두었는지는 몰라도 와온은 그 점이 감사했다.

그나저나 이 얼마나 떠들썩한 식사 풍경인가.

이런 식으로 가족과 친구들과 함께 식탁에 둘러앉아 왁자지껄 떠든 기억이 와온에게는 없었다.

식사는 언제나 어머니와 둘이서. 아주 가끔 아버지도 함께 했지만 그다지 흥이 나지 않는 세 식구의 식탁. 어머니가 떠난 이후로는 아버지 소속사에서 나온 낯선 언니와. 최근에는 늘 혼자서. 그것이 와온의 식사 풍경이었다.

혼자서 식사할 때는 마음속으로 스스로에게 말을 걸었다. 이 가자미조림 맛이 좀 진하지 않아? 저녁으로 가끔은 햄버거 같은 것도 좋은데. 내일은 집에 오는 길에 역 앞 라멘집에 들를까. 그래, 그러자. 이런 식으로.

모두의 웃음소리를 들으며 문득 그 사람이, 마유미가 떠올랐다.

지금쯤 분명 식당 의자에 앉아 아이팟으로 베토벤 같은 곡을 들으며 혼자서 식사하고 있겠지. 뭘 먹을까, 초밥이라도 사 갔을까. 아니면 호카벤'이라든가. 베토벤을 들으면서 먹을 생각이라면 조금 더 우아한 메뉴로 고르라고요.

그 사람 도대체 무슨 생각을 할까. 혼자서.

내가 늘 혼자 앉았던 식당 의자에 앉아서 아빠를 떠올리고

* 테이크 아웃 도시락 전문점.

있을까?

역시 함께 갈걸. 혼자니까 외로워.

그런 생각을 할까.

"……잘 먹었습니다."

젓가락을 가지런히 모아 밥그릇 위에 놓은 와온이 머리를 숙였다.

"어머, 더 먹지 않고? 더 먹어도 돼, 밥 많아."

와온은 고개를 저었다.

"배가 불러서요……."

식당 벽에 걸린 시계를 확인했다. 시침이 정확히 9시를 가리키고 있었다.

"죄송해요. 저기, 저…… 이만 집에 가 봐야 할 것 같은데요."

"엇, 벌써? 아직 공부는 하지도 않았잖아?"

아야토가 입에 넣은 밥을 삼키며 말했다. 와온은 "그러게 말이야"라며 어이없다는 듯 미소 지었다.

"하지만 이만 가봐야 해."

"그럼 나도."

주리도 잘 먹었습니다, 하고 합장하듯 두 손을 모았다.

"정말 맛있었어요. 저희 엄마도 배우셨으면 좋겠네요."

와온과 주리는 분주하게 돌아갈 채비를 했다. 아야토가 역까지 바래다주기로 하고 가족 모두 현관까지 배웅 나왔다.

"조심해서 돌아가렴."

"또 놀러와."

"다음에는 쉬는 날 놀러와."

밤길 저편으로 세 사람의 모습이 사라질 때까지 손을 흔들며 배웅해 줬다.

역 개찰구에 도착하자 마침 주리가 타야 할 전철이 들어오는 참이었다.

"아, 전철 왔다."

주리가 개찰구로 뛰어들어가다가 뒤를 돌아보며 소리쳤다.

"고마워, 아야토! 아야토 패밀리 최고! 간다!"

와온과 아야토는 손을 힘차게 흔들며 주리를 배웅했다. 와온은 전철 도착 전광판을 올려다보며 "나도 가야지"라고 중얼거렸다.

"오늘 정말 고마웠어. 진짜 진짜 즐거웠어."

와온이 말했다. 조금 쑥스러워 아야토의 눈을 쳐다보지 못하고 고개를 숙이면서.

"와온."

여느 때와 달리 진지한 아야토의 목소리가 들렸다. 와온은 살며시 시선을 들었다. 아야토가 물끄러미 바라보고 있었다. 1초도 시선을 마주치지 못하고 다시 고개를 숙였다.

"와온, 우리한테 숨기는 거 있지?"

그 말에 와온은 가슴이 철렁 내려앉았다. 특별히 숨기려던 것은 아니다. 새엄마가 생긴 사실을. 그저 털어놓을 기회를 놓쳤을 뿐이다. 와온은 "큰일은 아닌데"라며 말머리를 뗐다.

"……우리 아빠, 재혼했어. 그래서 보스턴에 혼자 가신 거야. 그리고 난 오늘부터 그 사람과 둘이서 살아."

뭐라고? 아야토가 생각지도 못했다는 듯 말했다.

"진짜? 그럼…… 너한테 '새엄마'가 생겼다는 말이야?"

와온이 쓸쓸하게 웃었다. 새엄마만큼 그 사람에게 어울리지 않는 호칭은 없었다.

"뭐야, 그랬구나. 아 진짜, 빨리 좀 말해주지. 걱정했잖아. 오늘부터 혼자 지내는 줄 알고……. 그래, 잘됐네. 혼자 남겨진 게 아니구나. 다행이야."

잘됐어, 잘됐어. 아야토는 몇 번이나 반복하며 웃었다. 와온도 따라 웃었다. 자신을 그렇게나 걱정해주는 아야토의 마음에 솔직히 기뻤다.

"아야토."

이름을 부르자 아야토가 눈을 바라봤다. 두 사람의 시선이 또다시 딱 마주쳤다.

"고마워."

이번에는 아야토가 쑥스러운 듯 웃었다.

"뭐야. 우리 친구잖아? 친구가 혼자 남겨질 거라고 생각하면

왠지 걱정되잖아? 그러니까."

그 순간, 와온은 뜨거워지는 눈시울을 느꼈다.

흰 교복 서츠를 입은 아야토의 가슴. 넓적하고 아주 조금은 듬직한 가슴이 아릿하게 번져 보였다. 그 가슴에 얼굴을 묻고 울음을 터뜨릴 것만 같았다.

"전철 온다. 갈게."

와온은 아슬아슬하게 눈물을 삼키고 말했다. 미소를 지어 보였다. 아야토도 미소 지으며 고개를 끄덕였다.

"새엄마한테 잘 말씀드려. 너 너무 늦는다고 기다리실 거야, 분명."

"그럴 사람 아니라니까."

내일 보자며 아야토가 손을 흔들었다. 개찰구를 지나 계단을 올라가다가 도중에 뒤를 돌아봤더니 아야토는 여전히 손을 흔들고 있었다. 다시 달려 되돌아가고 싶은 마음을 꾹 참으며 플랫폼으로 뛰어가 멈춰선 전철에 올라탔다.

뭐지. 기분이 이상해.

전철이 움직이기 시작했다. 아야토 곁을 떠나고 싶지 않았다. 하지만 집에 돌아가야지 생각했다.

왜냐하면 그 사람이 혼자 있을 테니까.

내가 바로 얼마 전까지 그래왔던 것처럼.

어차피 기다리지 않을 거야. 지금쯤 씻고 있을지도 모르지.

그 사람이니까 콧노래로 베토벤의 '환희의 송가'라도 부르면서. 아버지에게 메일이라도 보내려나. 당신 딸은 아주 불량해, 아직도 집에 안 들어왔어, 같은 내용으로.

그렇다면 다행이라고 와온은 생각했다. 혼자서도 즐거운 시간을 보낸다면. 나 따위는 기다리지 않고 그 사람답게 자기 페이스대로 태평하게 지낸다면.

혼자라도 외롭지 않다면 그걸로 됐다.

플랫폼에 내렸을 때 시곗바늘은 10시를 지나고 있었다. 받을지 안 받을지 모르지만 일단 집에 전화를 해 두자며 휴대폰을 꺼냈다. 혼날지도 모른다는 생각에 조금 가슴을 졸이며 전화를 걸었다. 한 번…… 두 번…… 다섯 번…… 열 번. 스무 번까지 울리고 나서 전화를 끊었다.

아이팟을 듣고 있나, 역시 씻으러 들어갔나. 그런 생각을 하며 개찰구를 나온 순간.

"이제 오시나. 망할 꼬맹이 씨."

눈앞에 마유미가 서 있었다.

트렌치코트에 스톨을 두르고서 어깨를 한껏 올리고 팔짱을 낀 채 와온을 노려봤다. 와온은 그 자리에 선 채로 굳어 버렸다.

"늦었잖아. 얼마나 기다린 줄 알아?"

목소리도 나오지 않았다. 그저 입을 다물고 마유미의 무시무시한 눈초리를 받아낼 뿐이었다.

요괴 팀파니는 박력이 있었다. 퍽 무서웠다. 그런데 반가웠다.

"그래서? 밥은 먹었어?"

조금 전 아야토와 헤어질 때와 마찬가지로 뜨거운 것이 울컥 치밀어 올랐다. 그것을 간신히 삼키며 고개를 끄덕였다.

"친구 집에서, 저녁 먹었어요. ……배불러요."

하아, 하고 마유미가 맥이 빠진 듯 한숨을 내쉬었다.

"난 배고파 죽겠다. 너 오면 라멘 먹고 집에 가려고 했는데."

와온은 쿡 웃었다.

"더 먹으면 배 터질 것 같은데요."

"시끄럽다, 출발. 역 앞 라멘집으로."

"어제도 먹었잖아요?"

"상관없어. 좋아하니까."

서로 떠들썩하게 주고받으며 어깨와 어깨를 부딪치면서 두 사람은 나란히 걷기 시작했다.

8

와온이 모르는 사이에 법률상 '어머니'가 되어 버린 마유미라는 사람은 와온이 지금까지 만난 어떤 여자보다도 특이했다.

아니, 특이하다는 표현은 매우 약했다. 괴짜라고 불러도 될 정도다. 아무튼 이런 사람은 본 적 없다며 기가 막힌 적도 종종 있었다.

와온은 사실 '성인 여자'라는 존재를 제법 자주 접했다. 친어머니가 아버지와 이혼하고 집을 떠난 뒤, 아버지가 집을 비우는 동안 외동딸을 돌보기 위해 아버지 소속사의 여직원들이 교대로 집에 드나들었기 때문이다.

그 사람이 특정 한 사람뿐이었다면 어쩌면 그 사람을 언니나 어머니처럼 따르며 좋아했을지도 모른다. 혹은 그 사람이 아버지의 새 연인이었다면 마음 한구석으로 미워하거나 색안경을 끼고 대했을지도 모른다. 하지만 그런 '특정 여성'은 끝내 나타나지 않았다. 그래, 마유미가 등장하기 전까지는.

감수성이 풍부한 시기의 와온을 돌봐준 마음씨 고운 어른 언니들은 누구나 깔끔하고 시크한 원피스나 멋진 바지 정장을 차려입고 커리어우먼 분위기를 풍겼다. 그러나 왜인지 와온을 부스럼 만지듯 대했는데, 그런 주제에 아버지의 비밀을 캐내려는 속셈이 빤히 보였다. 함께 식사하면서 "여기 오는 언니 중에서 아빠와 친한 언니는 누구야?" 따위를 물었다. 와온은 순진한 척 "아무랑도 안 친해요"라거나 "화요일에 오는 언니랑 금요일에 오는 언니요"처럼 적당히 대답해 여자들이 혼란스러워하는 모습을 남몰래 즐겼다. 하나같이 과자, 인형, 어린이 브랜드 정장 등 와온의 마음에 들 만한 선물을 가져왔다. 와온이 그중에서 누구의 조공을 가장 마음에 들어 할까 하고 마치 선물 공세전처럼 번져서 "루이비통 가방이 갖고 싶어요"라고 또 순진한 척 말해 보기도 했다. 실제로 사 온 사람도 있었다. 그때는 역시 선을 그어 버렸다. 필요 없다고 완강하게 거절해서 그 사람은 몹시 상처받은 듯했다. 그날을 끝으로 이 집에 오지 않았다.

그런 식으로 와온의, 즉 가지가야 소이치로의 환심을 사고 싶다는 야심을 불태우던 여자들. 빈틈없이 고상하고, 기분 나쁠 정도로 상냥하고, 또 버릇없는 와온을 뭐든지 오냐오냐 받아주던 여자들을 질릴 정도로 봐왔다.

중학생이 되고 나서는 세 가사 도우미 아주머니들이 교대로 집을 드나들기 시작했다. 와온과 마주치는 시간은 저녁 한 시간 정도였는데, 그들의 특징은 말할 필요도 없이 집안일에 매우 능숙하다는 것이었다. 아침 9시부터 오후 5시까지 청소, 빨래, 장보기, 저녁 식사와 다음 날 아침 식사 준비, 다림질, 소이치로가 받은 산더미 같은 꽃다발로 꽃꽂이해 놓거나 오래된 꽃 버리기, 정원수 손질 참관, 택배 수령이나 발송 등 온갖 잡다한 집안일을 실로 완벽하게 척척 처리했다. 덕분에 와온은 집안일은 하나도 할 줄 몰랐다.

와온이 지금까지 만나온 '어른 여자들'의 범주에 들지 않는 사람. 그 사람이 바로 마유미였다.

우선 마유미는 집안일을 전혀 하지 않았다. 함께 살기 전부터 '자기 일은 스스로 하자'라고 말할 정도니 하여간 '딸'을 돌볼 마음이 없구나 하고 이해했다. 그래서 내 일은 내가 스스로 할 좋은 기회가 되겠거니 각오도 했다. 내일모레면 열여섯 살, 고등학생이다. 당연히 언제까지고 가사 도우미에게만 의지해서는 안 된다.

그렇게 생각하면서도 그 사람은 종일 집에 있으니 빨래 정도는 하는 김에 해 주거나 저녁밥 정도는 쌀을 밥솥에 준비해 주지 않을까 내심 기대했다.

단 한 번, 그 사람의 집에 갔을 때. 브랜디를 넣은 홍차를 내줬다. 그런 센스가 있으니 가끔은 맛있는 간식 하나쯤은 사 올지 몰라.

정말이지 어렸다. 요괴 팀파니는 인간의 탈을 쓴 나무늘보였던 것이다.

마유미가 와온의 집에 이사 오자마자 한 일, 그것은 바로 '자기 둥지 만들기'였다.

소이치로가 보스턴으로 떠난 바로 그날 밤, 이미 21인치 노트북이 식탁 위를 지배하기 시작했다. 그 장면을 본 순간 왜인지 좋지 않은 예감이 들었다.

다음 날 아침, 아침 식사를 하려고 식당에 들어갔다가 한숨 더

떠 악보와 서류가 노트북 주위에 쌓여 있는 장면을 목격했다. 이후 식탁 위 빈 공간이 점점 줄어들었다. 작지 않은 6인용 식탁은 불과 일주일도 지나지 않아 마유미의 작업실로 변해 버렸다.

식탁뿐만이 아니었다. 식당 바닥 이곳저곳에 책, 잡지, 노트, 필기도구, 벗어 놓은 스웨터, 둥글게 만 포스터 등이 널브러져 있어 더는 식당의 모습이 아니었다. 이 공간을 점령하려고 작정한 것이 분명하다는 생각이 들어 벼르고 벼르다가 학교에 다녀온 어느 날 마유미에게 말했다.

"저기……, 여긴 밥을 먹는 공간이지 일을 하거나 음악을 듣는 공간이 아닌데요?"

마유미는 한창 바쁘게 노트북 키보드를 치고 있었고 아무 소리도 들리지 않는 듯 와온을 무시했다. 화가 치민 와온은 마유미의 옆에서 손을 뻗어 검지로 키보드를 성의 없이 탁 탁 탁 탁 두드렸다.

"아아아악!"

마유미가 기겁했다.

"무슨 짓이야!? 잠깐 이거…… '도흐나니가 멘델스존 교향곡 제3번을 지휘하는우오아아아아아아아아아'…… 라고 우렁차게 외치는 소리가 됐잖아!?"

"전혀 안 듣고 있잖아요. 내가 항의하는데."

와온은 망연자실하며 말했다.

"무슨 항의?"

훨씬 더 망연자실한 마유미가 대꾸했다.

"밥 먹을 자리가 없잖아요, 이 식탁에."

아아 그래? 마유미는 시큰둥한 목소리로 대답하며 식탁 위에 가득 널브러져 있던 원고와 잡지를 한꺼번에 쓸어 옆으로 치웠다.

"이 정도 공간이면 돼? 덮밥 하나 놓을 정도면 되지? 컵라면 먹을 거면."

"컵라면 안 먹어요. 밥 할 거 거든요, 내가 먹을 만큼요."

어영부영 열흘, 저녁은 컵라면과 햄버거와 호카벤을 번갈아 먹었다. 처음에는 오히려 신기해하며 자못 신이 나서 먹었지만 한계는 의외로 빨리 찾아왔다.

마유미는 와온이 저녁을 먹을 때도 식탁을 내주는 법이 없었다. 그래서 자신의 방에서 식사했다. 마유미는 언제 저녁을 먹는지 모른다. 일에 빠지면 다른 것은 눈과 귀에 전혀 들어오지 않는 듯했다.

아무리 혼자 하는 식사에 익숙하다고는 해도 매일 자신의 방에서 패스트푸드를 먹는 것은 이제 지긋지긋하기 시작했다.

"컵라면은 이제 안 먹어요. 오늘은 밥을 짓고 된장국을 끓일 거예요."

"어차피 인스턴트 된장국이잖아."

마유미가 놀리듯 말했다. 와온은 다시 울컥했다가,

"그쪽 먹을 것도 만들까요? 어차피 인스턴트 식품에 물만 부으면 되니까요."

심술궂게 대꾸했는데,

"오, 그러면 고맙지. 그럼 부탁해."

시원한 대답이 돌아왔다. 심지어 조금 기쁜 듯한.

"진짜요?"

엉겁결에 되물었다.

"인스턴트예요, 마루코메' 같은. 괜찮겠어요?"

"괜찮아. 왜?"

"왜냐니……."

와온은 불안해졌다. 이 사람, 스스로 인스턴트 된장국도 못 만드는 걸까. 못 만든다기보다도 만들려고 하지 않는 걸까.

와온의 모습을 관찰하는 눈빛으로 지켜보던 마유미가 갑자기 물었다.

"너, 달걀 프라이 만들 줄 알아?"

"네?"

* 일본을 대표하는 발효식품 제조기업.

와온은 어리둥절했다.

"달걀 프라이요……?"

"달걀 프라이가 달걀 프라이지. 몰라? 달걀을 탁 깨서 프라이팬에 치이익."

이 사람이 하는 말은 정말이지 하나부터 열까지 신경에 거슬린다.

"그 정도는 알거든요? 가장자리가 하얗고 한가운데는 노란 음식이요."

마유미가 생글생글 웃으며 말했다.

"그래. 그거 그거. 나 그거 먹고 싶어. 만들어 줄 거지?"

어떻게 된 영문인지 그날 밤 와온은 마유미의 저녁 식사를 차리는 신세가 되고 말았다.

냉장고는 비어 있다시피 했다. 그래서 우선 장을 보러 갔다. 달걀, 양상추, 토마토. 타쿠안*, 낫토, 맛김, 두부. '육수를 넣어 만든 된장'이라는 것도 사 봤다. 이쯤 되니 인스턴트 된장국을 만드는 것은 자존심이 허락하지 않는 기분이 들었다. 그리고 요거트, 딸기, 초콜릿, 쿠키도. 맞다, 커피도 똑 떨어졌지. 그 사람 한밤중에 커피를 엄청나게 벌컥벌컥 마셔대는 것 같으

* 무를 말려 소금 등에 절인 저장식품.

니. 심지어 블랙으로.

잘은 모르지만 빈속에 커피만 마시면 위 건강에 나쁘지 않을까. 과자와 함께 마시거나 카페라떼를 마시는 편이 나을지도 몰라.

그런데 나는 왜 그 사람의 위 건강 따위를 걱정하는 거지!? 과자와 음료를 잔뜩 사는 바람에 한껏 빵빵해진 장바구니 두 개를 양손에 들고 끙끙거리며 걸어 집으로 돌아갔다.

다녀왔습니다. 현관에서 말했지만 아무 대답도 돌아오지 않는 상황이 이제는 당연했다. 마중도 물론 기대하지 않았다.

식당에 들어가자 마유미가 문을 등진 채 원고 작성에 몰두하고 있었다. 자연스럽게 발소리를 죽이고 부엌으로 짐을 옮겼다. 거들어 주는 것은 바라지도 않은 채 장바구니에서 부스럭부스럭 식자재를 꺼냈다. 전부 부엌 아일랜드 위에 늘어놓고는 자 하고 두 손으로 허리를 짚고 쳐다봤다.

으음, 제일 먼저 뭘 해야 하지?

무심코 얼굴을 들었다가 깜짝 놀랐다. 마유미가 아일랜드 식탁을 사이에 두고 맞은편에 서 있었다. 와온은 허둥지둥 양상추를 집어 대충 씻기 시작했다.

"제일 먼저 뭘 해야 하지, 하는 표정이었어, 방금."

들켰다. 하지만 짐짓 시치미를 떼며 받아쳤다.

"당연히 일단 양상추를 씻어 사이드 메뉴인 샐러드를 만들어야죠."

"오냐, 토마토도 씻으렴. ……어라, 된장도 사 왔네? 된장국은 인스턴트 아니었나?"

"된장국 정도는 끓일 수 있어야죠. 우리나라 사람이면."

"정말? 그것참 기대되네."

마유미가 신바람이 나서 말했다. 와온은 슬며시 한숨을 쉬었다.

그렇게 기대하면 열심히 만들 수밖에 없잖아. 분하지만.

악전고투 끝에 꽤 너덜너덜한 달걀 프라이와 조잡하게 뜯은 양상추와 토마토 네 조각을 곁들인 샐러드가 완성됐다. 두부가 흐물흐물 부서진 된장국, 두껍게 써는 바람에 딱 달라붙어 떨어지지 않는 타쿠안, 작은 사발에 덜어 닮기만 하면 되는 낫토. 가장 정상인 음식은 포장되어 있던 맛김이었다. 정작 중요한 밥은 물 조절을 잘못했는지 거의 죽이나 다름없는 진밥이 되고 말았다.

한숨이 절로 나오는 심정으로 한숨이 절로 나오는 반찬들을 서류와 자료를 옆으로 밀어서 만든 식탁의 빈 공간에 늘어놓았다. 마유미가 하나하나 음미하듯 유심히 둘러보기에 선수를 쳤다.

"죄송하네요. '가장자리가 하얗고 한가운데가 노란 달걀 프라이'가 아니라."

마유미는 "왜?"라며 초롱초롱한 눈으로 와온을 바라봤다.

"난 오히려 이게 더 좋아. 달걀 프라이는 좋아하지만 한가운데가 걸쭉한 달걀 프라이는 못 먹거든."

"네? 왜요?"

뜻밖의 말에 와온이 되물었다. 비아냥거릴 줄 알았기 때문이다.

"노른자가 너무 샛노랗고 걸쭉하면 병아리 같지 않아?"

묘하게 귀여운 말을 듣고는 웃음이 터질 뻔했다. 마유미는 허리를 곧게 펴고는 두 손을 모아 잘 먹겠습니다, 하고 말했다.

볼품없고 밥은 질고 된장국도 짜서 '요리'라고 부를 수 없는 상태였다. 하지만 마유미는 덥석덥석 잘도 먹었다. 먹는 동안 시종일관 말이 없었고 일할 때와 마찬가지로 먹는 데만 집중하는 듯했다. 놀랍게도 한 그릇 더 먹기까지 했다. 정작 와온은 까닭 모르게 긴장해서 그다지 손이 가지 않았는데.

"잘 먹었어."

싹싹 긁어 깨끗하게 먹어 치운 마유미가 다시 두 손을 모으고 말했다. 와온은 그만 고개를 꾸벅 숙이고 말았다. 뭐라고 대답해야 좋을지 알 수 없었기 때문이다.

"진짜 맛있었어. 와온이 '직접 만든 첫 요리'."

심장이 쿵 하고 내려앉았다.

맛있었다는 말 때문이 아니었다. 와온이라고 처음으로 이름을 불린 데다 아무렇지 않게 호칭을 빼고 불러서였다.

지금까지 와온을 '와온'이라고 이름만으로 부른 어른은 두 사람뿐. 아버지와 어머니뿐이었다. 와온 짱이나 와온 양이나 아가씨나. 어른들은 그런 식으로 불렀다.

와온의 이름을 부르는 마유미의 목소리에는 기이한 친밀감과 다정함이 담겨 있었다. 이름을 불린 와온은 왜인지 조금 기뻤다.

"그랬어요? 된장국이 너무 짰는데."

쑥스럽고 당황스러워서 그렇게 대답했다. 아니, 하고 마유미가 고개를 저었다.

"나는 염분 중독자라서 이 정도가 좋아."

"건강에 안 좋은 거 아니에요?"

"뭐 그렇지. 나이 먹으면 고혈압으로 고생할 수도 있겠네."

태평한 소리를 한다. 와온은 피식 웃었다. 마유미가 자리에서 일어나며 말했다.

"답례로 식후 차는 내가 대접할게."

와온이 곧바로 말했다.

"그럼 그게 먹고 싶어요. 브랜디 넣은 그거."

마유미가 요놈 봐라? 하는 표정을 지었다.

"기억하는구나. 소 씨가 좋아하는 차."

네, 하고 고개를 끄덕였다.

"맛있었으니까요."

"좋아. 그러엄 비장의 무기 브랜디로."

마유미는 후훗 웃더니 발밑에 쌓여 있던 잡지 더미 사이에서 호박색 액체가 든 병을 꺼냈다. 아무래도 저녁 식사 대신 그것을 홀짝홀짝 마셨던 모양이다. 건강과는 상당히 먼 식생활을 한다는 생각에 기가 막히면서도 조금 걱정이 됐다.

마유미가 우린 브랜디 넣은 홍차는 유별나게 맛있었다. 식탁을 사이에 두고 뜨거운 차를 마시는 사이에 두 사람은 어느덧 두서없이 이런저런 이야기를 나누고 있었다. 그렇다고는 해도 주로 와온이 학교 이야기를 차례차례 늘어놓아서—담임 선생이 야무지지 못하고 줏대가 없다거나 반 친구들의 이야기, 친한 친구 주리, 그리고 아야토 이야기 등—대화가 끊이지 않게 된 것이다.

특히 아야토의 이야기를 시작했을 때는 왜인지 이야기를 계속 늘어놓고 싶었다.

웃는 얼굴이 기분 좋은 남자아이예요. 공부는 그다지 못하지만 활기차고 꽤 상냥하고. 요리를 잘하는 어머니, 회사원 아버지, 대학생 형과 화목하게 살고요. 그리고 사실은 피아노를 쳐요. 하지만 음대에 진학하는 것을 진작에 포기했고요…….

마유미는 턱을 괴고 와온에게서 시선을 떼지 않은 채 가만히 귀를 기울였다. 그 모습은 클래식을 들을 때와 노트북으로 원고를 쓸 때와 조금도 다르지 않았다.

누군가에게 이렇게 열심히 이야기를 한 것은 실로 오랜만이었다. 그리고 이렇게 열심히, 또 기분 좋게 아야토에 대해 이야기하는 자신이 신기했다.

"그렇구나. 너는 그 아야토인가 하는 친구가 피아노를 포기하지 않았으면 하는구나."

이야기를 한참 듣던 마유미가 말했다. 와온은 솔직하게 고개를 끄덕였다.

"왜?"

갑자기 날아온 질문에 이번에는 대답을 찾지 못했다.

"왜냐묘…… 시작하기도 전에 결론을 내 버리는 건 아깝다고 생각하니까요."

그래, 라고 마유미가 드물게 진지한 모습으로 말했다.

"그건 그야말로 네 이야기 아니니?"

결론, 시작하기도 전에 내지 않았어?

와온은 고개를 들어 마유미를 바라봤다. 마유미의 올곧은 시선이 조용히 말하고 있었다.

'포기하지 않았어? 시작하기도 전에…… 첼로 말이야.'

9

다음 날, 종례가 끝난 뒤 와온은 긴장한 얼굴로 아야토에게
말을 걸었다.

"아야토, 저기 말이야……. 혹시 오늘 집에 가는 길에 어디
들러야 해?"

"응?"

하고 준비를 하던 아야토가 돌아봤다.

"오늘 학원 가는데……. 왜?"

"그래? 그럼 됐어. 응, 그러면 할 수 없지."

와온은 스스로를 타이르듯 중얼거렸다. 아야토가 고개를 갸
웃했다.

"왜, 뭔데? 와온, 아야토를 어디로 꼬시려고오? 우리는 안 데
려가?"

곧바로 주리가 끼어들었다. 아니, 아니, 하고 와온은 손을 저
었다.

"딱히 꼬신다거나 뭐 그런 거 아니야."

"아-니. 분명 그게 맞는데."

주리는 물러서지 않았다.

"뭐야, 나 꼬시는 거였어? 어디 데려갈 건데?"

아야토가 재미있다는 듯 말했다. 와온의 얼굴이 별안간 붉

어졌다.

"딱히 이상한 곳에 가자는 건 아니야. 전에 아야토네 집에서 밥 먹었다니까 저기, 고맙다고 인사한다며 우리 집에도 빨리 데려오라고 해서서."

"뭐라고?"

아야토와 주리가 동시에 되물었다. 와온은 물에 젖은 강아지처럼 머리를 흔들었다.

"그게 아니라. 감사 인사를 하고 싶으니 부디 우리 집에 데리고 오라고 하셨어."

"하셨다니, 누가?"

주리가 물었다. 통 감을 잡지 못하는 눈치였다.

"……엄마가."

우물쭈물 대답했다. 아야토와 주리가 서로의 얼굴을 쳐다봤다.

와온과 아야토와 주리, 세 사람이 함께 와온의 집에서 가장 가까운 역에 내렸다.

아야토와 주리는 안절부절못할 정도로 설레했다. 아야토는 학원에 "집안 사정으로 쉴게요" 하고 전화를 걸었고, 주리는 어머니에게 '와온네 집에서 저녁 먹고 가니까 늦어' 라고 문자를 보냈다. 그러고 나서 두 사람은 "자, 출발!" 하고 양옆에서 와온의 팔짱을 끼고 교실을 나섰다.

"그런데 지금 마치 연행되는 것 같은데."

와온이 반쯤 울상을 하고는 말했다. 아야토와 주리는 전혀 개의치 않았다.

"네 마음이 변하기 전에 가야 하니까."

주리가 흥분한 기색으로 말했다.

"몰랐어. 와온한테 새엄마가 생겼을 줄이야. 그것보다 소이치로 님이 재혼을 하셨을 줄이야. 더 빨리 알려줬으면 좋았을 텐데."

"그러게나 말이야, 진짜."

아야토도 주리의 말에 맞장구쳤다.

"완전 기대된다. 와온네 새엄마와 만난다니."

아야토는 자신의 집에 두 사람을 초대한 날에 와온이 '새엄마'와 함께 살기 시작했다는 사실을 들었지만 누구에게도 말하지 않았다. 주리에게는 와온이 직접 이야기해야 한다는 생각에 배려한 것이다. 그래서 조금 전에 처음 듣는 척 행동했다. 와온은 마음속으로 아야토에게 고맙다고 인사했다. 아야토의 그런 면이 정말로 상냥하다고 생각했다.

와온이 친구들을 집에 초대한 것은 초등학생 때 이후 처음이다. 아버지가 시킨 것은 아니었지만 되도록 친구를 집에 부르지 말자고 스스로 다짐했다.

자신이 또래 여자아이들과는 다른 특별한 존재라고 생각해서 그런 것이 아니었다. 그저 다른 여자아이들과는 다른 특수한 가정환경에서 자랐다는 사실을 인지할 뿐이었다.

유명한 아버지와 그 아버지와 거의 만나지 못하는 딸. 휑뎅그렁하고 쥐 죽은 듯 조용한, 사람의 온기라고는 찾아볼 수 없는 집. 온기의 조각조차 없는, 가족이라고 부르기에는 너무나 공허한 부녀 관계. 가족에 둘러싸여 자란 평범한, 그러나 와온은 도저히 가질 수 없는 행복 속에서 안락한 삶을 사는 친구들을 텅 빈 자신의 집에 초대할 마음이 들지 않았던 것이다.

그런데 상황이 갑작스럽게 뒤바뀌어 이렇게 되고 말았다.

어젯밤 마유미가 말했다. 그 아야토인가 뭔가 하는 녀석을 우리 집에 데리고 와. 피아노 연주 좀 들어보게. 얼마나 재능이 있는지 내가 확인해 볼게, 라고.

손수 만든 요리를 태어나서 처음으로 누군가에게 만들어 주고, 맛있었다는 소감을 듣고, 기분이 좋아져서 학교 이야기니 친구 이야기니 술술 말해 버린 자신의 잘못이었다.

영문은 모르겠지만 마유미는 '피아노를 좋아하면서 음대 진학을 포기한 반 친구 아야토'에게 관심을 보였다. 그리고 어떻게든 집으로 데리고 오라며 와온을 다그쳤다.

이번 일을 계기로 다시 음대 진학을 목표로 삼을지 그렇지 않을지는 몰라. 하지만 적어도 아무 일도 안 하는 것보다 약간 자극을 주는 편이 마음을 움직이는 데 더 효과가 있지 않을까?

그 왜, 경주마도 말이야 다른 말들이 우다다다다 달리기 시작
하니까 같이 달리잖아. 의외로 그렇게 될 수도 있다? 아야토뿐
아니라 너도 말이야.

"……다녀왔습니다."

현관문을 열고 와온이 집 안을 향해 말했다. 대답이 없으리
라는 것은 예상했다. 두 친구 앞에서 체면을 세우려고 말했을
뿐이었다.

그런데.

"어서 오렴."

노랫소리 같은 목소리가 들려왔다. 자신도 모르게 깜짝 놀
라 쳐다보니 눈앞에 마유미가 서 있었다. 평소처럼 흰 칠부 소
매 셔츠에 스키니진 차림으로 생글생글 웃으며 붙임성을 뽐내
고 있었다.

"앗……, 안녕하세요. 실례하겠습니다."

아야토가 서둘러 꾸벅 인사했다. '법률상의 어머니'에게 '조금
신경 쓰이는 같은 반 남자아이'를 소개하는 상황에 자신도 모르
게 얼굴이 뜨거워졌다. 그 마음을 숨기듯 재빨리 소개했다.

"저, 얘는 아야토예요. 얘는 주리고요."

"처음 뵙겠습니다."

주리는 흥미진진하게 마유미를 바라봤다. 두 사람을 바라보
는 마유미의 미소가 한층 더 짙어졌다.

"어서 오렴. 너희가 와온의 친구들이구나. 자자, 어서들 들어와."

우와아, 저 가식적인 태도는 뭐야. 소름이 돋았지만 평소처럼 '불량 엄마' 행세를 해도 곤란하다. 오늘만큼은 '법률상의 딸'의 체면을 세워주고 살가운 모습을 연출할 생각이리라고 일단 믿기로 했다.

"엄청 예쁘시잖아."

신발을 벗으며 주리가 귀엣말을 했다.

"그런가……."

속은 요괴야, 라고 대꾸하며 와온은 눈썹을 팔^八자 모양으로 찌푸렸다.

"게다가 엄청 스타일리시하셔."

마유미의 뒷모습을 바라보며 아야토도 홀린 듯 중얼거렸다. 어딜 보는 거야 하고 조금 울컥했다.

"자 이쪽으로 와."

복도 바로 앞 왼쪽, 중후한 문 앞에 서서 마유미가 다시 생긋 웃었다. 생각지도 못한 급작스러운 전개였다.

자…… 잠깐만. 갑자기 여기로 직행한다고?

와온이 말릴 새도 없이 마유미가 묵직한 문을 열었다. 소이치로의 연습실 문을.

"우와아."

방 안으로 들어서며 아야토와 주리는 동시에 감탄했다.

다다미 스무 장* 남짓한 방은 완벽하게 방음 처리된 스튜디오 같았다. 한가운데에 놓인 그랜드 피아노. 세심하게 손질된 검은 표면이 천장에서 비추는 다운 라이트**의 불빛을 반짝반짝 반사했다. 거대한 스피커와 앰프 여러 대. 보면대 몇 개. 바이올린, 그리고 첼로 케이스가 바닥에 뉘어 있었다. 커다란 책장에는 악보와 CD가 빼곡하게 꽂혀 있었다.

"우와아."

아야토가 또다시 감탄했다. 더는 참을 수 없다는 기색으로.

"설마 여기가…… 가지가야 소이치로의 연습실?"

주리가 뺨에 홍조를 띠고 묻자 "딩동댕" 하고 마유미가 또다시 생긋 웃으며 대답했다.

"대애박. 진짜요? 사진, 사진 찍어야. 엄마한테 보내 줘야지."

주리가 주머니에서 휴대폰을 꺼내려고 했다.

"아. 프라이버시 때문에 실내 촬영은 삼가 주세요."

마유미가 미소를 잃지 않고 저지했다. 주리는 황급히 휴대폰을 집어넣었다.

---

* 약 10평.

** 천장에 구멍을 뚫고 그 속에 광원을 매립하는 조명기구.

아야토는 곧장 피아노로 다가가 닫혀 있는 건반을 가만히 어루만지며 중얼거렸다.

"장난 아니다. 스타인웨이야."

"쳐볼래?"

마유미가 기다렸다는 듯 물었다. 아야토가 놀란 눈으로 마유미를 쳐다봤다.

"어……, 그래도 돼요?"

마유미가 고개를 끄덕였다.

"자, 잠깐만."

이번에는 와온도 지체 없이 끼어들었다.

"안 돼. 아빠한테 허락을 받아야……."

아버지의 연습실 출입은 와온에게조차 허락되지 않은 일이었다. 아버지가 연습실을 얼마나 소중히 여기는지 어렸을 적부터 어머니에게 귀에 못이 박히도록 들었기에 절대로 함부로 들어가지 않았다.

그런데 마유미가 당당하게 말한 것이다.

"당연히 메일로 허락받았지. '오늘 와온 친구들이 놀러 와요. 피아노를 칠 줄 아는 친구가 있는 듯한데 당신 스타인웨이를 좀 쳐도 될까요?'라고."

아야토와 주리는 멀뚱멀뚱 마유미를 쳐다봤다. 와온은 침을 꿀꺽 삼켰다.

"아빠가…… 뭐라고 하셨어요?"

머뭇머뭇 물었다.

"'편하게 쳐. 피아노는 치기 위해 존재하는 악기니까'라고 하셨지."

순간, 아야토의 얼굴에서 반짝반짝 빛이 났다. 와온은 가슴 속 깊은 곳에 퍼지는 기이한 진동을 느꼈다. 마치 현악기의 아름다운 선율이 서로 만나 하모니를 이루는 것처럼.

"쳐봐도 될까요?"

아야토가 재차 물었다. 마유미는 조금 전보다 더 크게 고개를 끄덕였다.

아야토는 피아노 의자에 앉아 소리 없이 건반 뚜껑을 열었다. 반들반들한 하얀 건반 위에 두 손을 얹고는 멜로디를 연주하기 시작했다.

아…… 이 곡은.

바흐. 골드베르크 변주곡, 아리아.

아야토의 손끝에서 우아하면서도 경쾌한 선율이 담담하게 흘러나왔다.

이 곡은 공교롭게도 와온의 어머니가 즐겨 듣던 곡이었다.

바흐는 첼로 독주곡도 여러 곡 남겼다. 어머니는 첼로로 연주하는 바흐의 곡을 특히 좋아했다. 그래서 어린 시절 와온에게 친숙했던 곡도 바흐의 곡이었다.

와온, 귀를 쫑긋 기울여 보렴.

가만히 들어봐. 마음의 귀로.

그것 봐, 들리지? 싱그럽고 아름다운 멜로디가 첼로를 타고 네 안을 가득 채우는 것이.

바흐의 선율은 나무줄기를 타고 올라가는 수액. 대지에서 물을, 양분을, 에너지를 빨아올려 단숨에 하늘로 내뿜지. 초록색 잎이 되어 반짝이면서.

현에 닿는 네 손가락은 움트는 푸른 잎사귀야. 햇빛에 잎맥이 비치고 살랑살랑, 산들산들 가지를 간지럽히지. 그 순간 멜로디는 바람이 되는 거야.

자, 잘 들어봐. 그리고 느껴보렴.

와온. 네가 찾는 '영원'은 분명 여기 있을 거야.

타건과 연결이 결코 매끄럽지 않고 완벽하다고 말하기 어려운 아야토의 피아노.

하지만 한결같이 올곧게 피아노를 대하는 자세는 알 수 있었다. 더듬거리더라도 애쓰는 마음을 피아노에 담고 싶다. 연주에는 소년다운 차분한 열정이 넘쳤다.

가만히 감상하는 사이에 눈시울이 뜨거워졌다. 와온은 물기어린 눈으로 아야토의 투박한 손, 아직 소년의 가냘픈 면이 남아 있지만 풋풋한 힘으로 가득한 손을 바라봤다.

바흐의 아리아. 오랫동안 봉인해온 곡이었다. 이 곡을 들으면 늘 어머니를 떠올리고 만다. 자신을 두고 떠난 어머니를, 어머니를 영원히 자신에게서 떨어뜨려 놓은 아버지를 원망하게 된다. 슬픔과 쓸쓸한 기분 탓에 결국 가슴이 미어지고 만다.

그래서 바흐는 두 번 다시 듣지 않을 작정이었다. 그래, 영원히.

그렇게 마음먹었는데. 그런데…….

마지막 한 음까지 진지하게 연주한 아야토는 아무 말 없이 자리에서 일어났다. 그리고 "감사합니다"라고 중얼거리더니 피아노를 향해 인사를 했다. 곁에서 듣던 마유미가 작은 한숨을 쉬었다.

"글렌 굴드를 좋아하는구나."

느닷없이 전설적인 피아니스트의 이름을 입에 올렸다. 아야토는 마유미를 돌아보고는 몹시 놀란 듯 말했다.

"네? ……어떻게 아셨어요?"

"도입부가 많이 비슷했어. 1981년, 만년에 녹음한 아리아와 말이야. 아련한, 허공을 그리는 듯한 터치. 전개부의 딱딱한 포르테……, 요런 깜찍한 흉내쟁이 씨."

"굉장해요."

아야토는 참을 수 없다는 듯이 감탄을 내뱉었다. 그리고 물었다.

"저…… 와온의…… 어머니, 는, 뭐 하시는 분이세요?"

마유미는 자기 자신을 손가락으로 가리키며 되물었다.

"웅? 나?"

아야토는 흠칫거리며 고개를 끄덕였다. 엄청난 청각을 지닌 괴물과 마주쳤다는 느낌으로.

와온도 내심 놀랐다. 사실 자신도 어머니가 듣고 또 들었던 글렌 굴드의 아리아를 떠올렸다. 그 점을 정확히 짚어 내다니, 이 사람 도대체 정체가 뭐야!? 하며 몹시 놀라고 감탄했다.

나는 이름 좀 알려진 클래식 전문 음악 기고가야. 그렇게 새치름하게 대답할까? 와온은 아주 조금 긴장한 채로 대답을 기다렸다.

마유미는 무언가 재미있는 사실을 떠올린 듯 겸연쩍게 웃으며 말했다.

"아하하. 어머니라니! 그냥 마유미 씨라고 불러. 나는 음악 감상을 아주 좋아하는 사람이야. 바흐도 베토벤도 비틀즈도 aiko도. 전부 무척 좋아한단다."

어!? 의외라는 표정이 아야토의 얼굴에 떠올랐다. 잠시 어리 벙벙해 있던 주리가 즉시 되물었다.

"진짜요? 정말로요? 그럼 펑키 몽키 베이비즈'도 좋아하세요?"

* 일본의 남성 음악 그룹.

응. 마유미가 고개를 끄덕였다.

"시대를 선명하게 반영하는 음악은 무엇이든지 좋아해. 하지만 시대를 뛰어넘어 사람의 마음을 울리는 음악은 훨씬 더 사랑하지."

마유미는 웃었다. 마치 와온 또래의 소녀처럼 정말로 즐겁다는 듯이.

아야토가 덩달아 미소 지었다. 주리도. 그리고 무심중에 와온도.

음악을 사랑한다.

단 한마디에 모두 일제히 마음의 문을 열었다. 기분 좋은 바람이 가득 불어오도록.

10

마유미와 와온, 아야토와 주리. 소이치로의 연습실에서 나온 네 사람은 최근 마유미의 작업용 책상으로 변한 식탁에 시끌벅적하게 둘러앉았다.

오늘은 서류와 책, 노트북은 깨끗하게 정리해서 식탁 위에는 배달시킨 피자와 샐러드만 있었다. 아야토의 집에서처럼 어머니의 수제 요리는 아니었지만 그 대신에 마유미는 모두가 무

척 좋아하는 피자를 주문해 줬다. 아야토와 주리도 매우 신나
하며 거대한 피자 조각을 입에 물었다.

"너무 많이 먹는 거 아니니? ……와온도 주리도 그렇게 먹다
가는 살쪄."

마유미가 기가 막힌 듯 말했다.

"앗, 완전 괜찮아요. 저희는 어려서 먹으면 바로 소화되거든요."

페퍼로니 피자를 입 안 가득 문 주리가 대답했다.

"그건 부럽네."

마유미가 못 말린다는 듯 웃었다.

"내가 십 대였을 때는 피자 같은 건 절대 못 먹었는데. 손톱
에 기름이 낀다고 엄마가 못 먹게 하셨거든."

말하다 말고 이런, 하고 황급히 캔맥주를 입으로 가져갔다.
주리가 놓치지 않고 덥석 물었다.

"아. 옛날 생각하시는 거예요? 좀 흘리신 거예요, 지금?"

"손톱에 기름이 낀다니……, 그럼 마유미 씨도 역시 악기를
연주하셨어요?"

아야토가 심상하게 물었다. 와온은 갑자기 가슴이 떨렸다.

마유미의 과거는 와온도 듣지 못한 이야기였다. 들어서는
안 될 것 같은, 하지만 조금은 궁금한 이야기였다.

첼리스트였다는 사실은 안다. 그러나 어느 정도 수준의 연
주자였는지는 모른다.

애당초 왜 첼로를 켜게 되었을까. 그리고 어째서 그만두었을까.

마유미는 캔맥주를 단숨에 쭉 들이키더니 식탁에 올려놨다.

"첼로를 했어."

각오한 듯 말했다. 아하, 하고 아야토와 주리가 동시에 호응했다.

"그러고 보니 연습실에 첼로가 있었죠. 마유미 씨의 악기였군요."

아야토가 들뜬 목소리로 말했다. 와온의 몸이 자동으로 굳었다. 소이치로의 연습실에 방치된 듯 누워 있는 첼로 케이스. 그 속에 들어 있는 것은 와온의 친어머니가 두고 떠난 첼로였다. 마유미는 와온의 표정을 흘끗 살피더니 대답했다.

"내 첼로 아니야. 말했잖아? '했었다'고."

아, 하고 주리가 지적했다.

"과거형이네요."

"그래. 과거형. 이런저런 사정이 있어서 그만뒀어."

순간 시끌벅적하던 식탁이 잠잠해졌다.

"그러셨군요……."

아야토가 힘없는 목소리로 중얼거렸다.

"역시 음악을 계속 해나가기란 어렵죠. 저도 오늘 스타인웨이를 태어나서 처음 쳐보고는 행복해져서 역시 피아노가 좋다

124

고 생각했지만, 그래도 정신 차려야지 하고 생각했어요."

"아니, 아니, 아니, 아니, 아니."

마유미가 황급히 "아니"를 다섯 번이나 말했다.

"그게 아니라. 너희들은 뭘 하든 이제부터 시작이잖니. 나는 마지막의 마지막까지 쏟아부었어. 그래서 그만두기로 결정했고. 이래 봬도 네 살부터 서른여섯 살까지 30년 넘게 첼로를 켰거든. 그 끝에 내린 결론이야."

"30년이나 넘게요!"

아야토와 주리가 동시에 놀랐다. 와온은 입에 문 피자를 허겁지겁 삼켰다.

네 살부터 시작했다……니, 나랑 똑같잖아.

"대단하시네요. 저희들 나이의 두 배나 되는 시간 동안."

아야토는 순수하게 감탄했다.

"연세가 꽤 있으시네요."

주리는 첼로 경력이 아닌 다른 부분에 감탄했다.

"그런 말 하지 마. 왠지 우울해지니까."

마유미는 진심으로 울컥했다.

"왜요?"

와온이 끼어들었다. 세 사람이 동시에 와온을 바라봤다.

"왜…… 첼로를 그만뒀어요?"

지극히 단순한 질문에 마유미는 입을 조금 비쭉이며 웃었다.

"이유는 없어. 네 살짜리 아이가 스스로의 의지로 하고 싶은 걸 선택할 수 있을 것 같아? 무식하게 큰 괴물 같은 악기를."

아. 와온은 깨달았다. 맞는 말이다. 자신도 좋아서 선택한 것이 아니었다. 아버지가 지휘자, 어머니가 첼리스트. 그런 집 안에 태어나 철이 들었을 때는 이미 첼로를 품에 안고 있었다. 그러면 마유미도 역시 그런 집안에서 자랐을까.

"악기를 전문으로 다루는 사람, 특히 클래식 세계는 어릴 적부터 악기에 익숙해져야 하니까 가정환경이 상당한 영향을 미쳐. 부모의 진심과 각오도. 뭐, 나도 그런 부류였다고나 할까……."

마유미는 캔맥주를 다시 입으로 가져가며 천천히 이야기를 시작했다.

우리 집은 어머니가 그러셨어. 첼로 교실 선생님이셨거든. 음대를 나와서 오케스트라에 지원하는 것이 꿈이었다고 하시던데, 이름이 알려진 오케스트라는 좀처럼 결원이 나지 않고, 지원 범위 자체도 너무 제한적이지. 그 바늘구멍에 엄청난 지원자들이 몰리니까 입단의 꿈을 이루기가 몹시 힘드셨어. 2, 3년 노력했지만 하는 수 없이 포기하셨다고 해. 그리고 음대에서 클라리넷을 배웠던 아버지와 결혼해 나를 낳으셨어. 아버지는 음반사 영업부에 취직하셨고 대학을 졸업하면서 클라리

넷을 버리셨지. 하지만 어머니를 줄곧 응원하신 것 같아. 부디 오케스트라에 입단해서 첼로 연주자 자리를 따낼 수 있기를. 그러나 도무지 이룰 수 없는 꿈이라는 사실을 깨달았고, 그래도 첼로를 포기할 수 없었던 어머니는 집에서 첼로 교실을 시작하셨어.

40여 년 전의 클래식계를 상상할 수 있겠니? 못 하겠지, 당연해. 하지만 상상해 봤으면 좋겠구나. 여성의 지위가 너무 낮았어. 피아니스트나 바이올리니스트는 그럭저럭 몇 명 활동했던 듯하지만, 여성음악가가 본격적으로 활약할 수 있는 무대가 일본에는 없었어. 연주가가 되고 싶다면 외국 학교에 입학해 명성 있는 선생님 밑에 들어가서 콩쿠르를 돌 수밖에 없었지.

피아노나 바이올린을 제대로 배우려는 아이는 대체로 집안이 상당히 부유한 아가씨들이었어. 레슨을 받고 음악학교에 가려면 돈이 많이 드니까. 음악을 계속 시키려면 다른 일은 아무것도 못 해. 이해와 경제력이 있는 부모 밑에서 태어난 아이가 아니라면 도저히 그 길을 걸을 수 없었지.

우리 부모님은 음대에는 들어갔지만 꿈을 이루지 못한 어머니와 회사원 아버지. 경제적으로 넉넉한 환경이 아니었어. 그래도 내가 네 살에 첼로를 시작한 이유는, 그래, 어머니의 집념이라고도 할 수 있을 거야.

어머니는 일본이 큰 전쟁에서 패한 다음 해에 클래식 애호가 부모님, 그러니까 내 외할아버지와 외할머니 밑에서 태어났어. 외할아버지는 전쟁에 나갔다가 목숨만 겨우 건져 돌아오셨다고 해. 전쟁이 끝난 뒤에는 어느 제조회사 직원이 되어 지극히 평범한 가정에서 우리 어머니를 키우며 조용히 사셨어.

이런 이야기, 딱히 특별할 것 없어 보이지? 그런데 아니더라고. 전쟁에서 살아 돌아와 번듯한 직장을 얻고 집과 자동차와 TV를 사고, 아이를 키우고 손자도 보고. 정말로 행운이었다고 생각해. 물론 내가 직접 겪지는 않았지만 전쟁 중에는 많은 사람이 죽었어. 어찌 저찌 전쟁이 끝나고 평범하지만 평화로운 가정을 꾸린다는 것은 대단한 행운 아니었을까.

어머니는 철이 들 무렵부터 부모님이 좋아하신 클래식 LP판을 반복해 들으면서 자연스럽게 음악과 친해지신 모양이야. 하지만 형편이 그다지 풍족하지 않았고 부모님이 음악가도 아니었기에 어지간해서는 악기를 직접 연주한다는 생각은 하지 못했던 것 같아. 그런데 중학교에 입학해 학교 음악 감상부에 들어가 그 곡을 듣고 만 거야. 파블로 카잘스가 연주하는 '새의 노래'를.

카잘스라는 사람은 말이야. 아아, 와온과 아야토는 물론 알고 있겠지만…… 인류의 보석 같은 첼로 연주자야. 이렇게 말하면 과장된 표현 같을까? 하지만 카잘스를 아는 사람이라면 내 의견에 동의하리라 생각해. 나는 카잘스가 살았던 20세기에 태어나서 다행이라고 생각하거든.

20세기는 지금까지 이어온 아주 긴 역사 속에서 여러 가지 의미로 인류가 경험하지 못했던 엄청난 사건들이 일어났던 시대로, 커다란 발전과 발달이 있었고, 비참하기 짝이 없는 전쟁과 살육도 벌어졌었어.…… 하지만 인류가 '카잘스의 첼로'를 얻을 수 있었다는 그 점 하나만큼은 훌륭한 세기였지.'

그래, 우리 어머니는 그 카잘스가 소중하디 소중하게 생명과 염원을 담아 연주했던 그의 고향 스페인 카탈루냐 지방의 민요 '새의 노래'를 듣고는 뭐랄까, 세상을 향해 쿠쿠쿵 하고 육중한 문이 열린 기분을 온몸으로 느끼고서 너무 들뜬 나머지 어쩔 줄 모르며 부모님께도 담임 선생님께도 친구들에게도 말하셨대. 나 첼로를 켜보고 싶어! 라고.

50년도 더 전에 유복하지도 음악가 집안도 아닌 가정에서 자란 지극히 평범한 열두 살 여자아이. 그 아이가 본격적으로 첼로를 배우기 위해서는 얼마나 많은 노력이 필요한지 짐작이 가니?

그래도 내 어머니는 부모님이 어떻게든 돈을 마련해 사주

---

* 음악, 자유, 평화를 위해 활동한 파블로 카잘스는 95세에 UN 본부에서 '새의 노래'를 연주하고 평화상을 수상하며 "내 고향 카탈루냐의 새들은 하늘로 날아오르면서 피스(peace), 피스(peace)하고 웁니다"라고 연설했다.

신 첼로를 끝까지 진심으로 마주했어. 손가락이 울퉁불퉁해지고 팔과 어깨와 등이 저릴 때까지 계속 연주하셨지. 어릴 적부터 첼로를 배운 아이들보다 몇 배는 노력했고 오로지 첼로에만 몰두했어. 자신이 첼로가 되어 버리는 것은 아닐까 싶을 정도로.

그렇게 그럭저럭 음대까지 졸업했지만 노력할 수 있던 것도 거기까지. 여성 첼리스트로서 오케스트라에 입단하기에는 역시 부족한 부분이 많았나 봐.

어머니는 나를 낳아 기른 지 얼마 지나지 않아 첼로 교실을 열었고, 당연한 수순처럼 당신 딸에게 첼로를 가르치셨어. 분하셨겠지, 본인이 늦게 출발한 만큼 딸은 무슨 일이 있어도 하루라도 일찍 첼로를 시작했으면 하신 것 같아. 나는 두 살 때피아노 건반을 눌렀고, 그림책보다 악보를 먼저 읽었어. 네 살 때는 이유도 모른 채 이미 어린이용 첼로를 연주하고 있었지.

처음에는 괴로웠어. 그도 그럴 것이 네 살짜리 어린아이의 손은 성인 손의 반도 안 되거든. 현을 짚을 때마다 느끼는 고통이란. 어머니는 엄한 선생님이셨어. 내가 울어도 싫다고 애원해도 아아 그래, 그럼 넌 이제 내 자식 아니야. 첼로가 싫다고 울먹이는 아이는 엄마 딸 아니야, 라고 홱 방을 나가 버렸지. 정말이지 말도 안 되는 어머니지?

그래서 나는 그저 어머니가 날 돌아봐 주길 바라며 열심히 첼로를 연주했어. 처음에는 오로지 그 이유뿐이었어. 그래, 어머니와 나를 이어주는 것은 첼로뿐이라며.

어머니의 집념과 내 필사적인 마음이 만난 결과, 초중고 일관제* 음악학교인 오토와 학원에 입학했어. 그곳에서 어머니가 반드시 나를 맡기고 싶어 한 일본 첼로 교육의 일인자인 기나이 도자부로 선생님 밑으로 들어갔어. 열성적이었던 사람은 어머니였지. 사실은 당신이 직접 기나이 선생에게 배우고 싶으셨겠지만 이루지 못할 꿈이었어. 딸을 맡길 수 있다는 사실에 몹시 기뻐 어쩔 줄 몰라 하셨지.

그 이후로 나는 고등학생이 되기 전까지는 정말로 죽을힘을 다했어. 눈뜰 때부터 잠들 때까지 첼로, 첼로, 첼로. 외모나 아이돌이나 연애는 거들떠보지도 않았어. 첼로 말고 다른 건 생각해서는 안 됐지. 콩쿠르에도 쉬지 않고 참가해 나름의 결과도 냈어. 나, 열심히 했어. 그래, 정말로 온 힘을 다했어.

그런데 말이야. 어느샌가 아버지는 그런 어머니에게 정나미가 떨어졌던 거야. 우리 모녀가 첼로에 열중한 사이에 따로 좋아하는 사람이 생겼더라고. 그 사실을 안 어머니는 도저히 아버지를 용서할 수 없었어. 자존심이 굉장히 센 사람이었거든.

---

* 초등학교부터 고등학교까지 통합해 12년제로 운영하는 교육 제도.

자존심 덩어리 같은 사람. 그래서 내가 일본예술음대에 합격한 해에 두 분은 이혼했어.

어머니는 나쁜 것에 홀리기라도 한 듯 내게 더욱 모든 것을 걸었어. 마유미는 반드시 수석으로 졸업해서 외국 일류음악원에서 유학한 뒤 일본이나 미국이나 유럽 어디의 오케스트라 수석 첼리스트가 될 거야. 음반 데뷔를 하고 솔리스트로 활동하는 음악가가 될 거야. 그런 식으로, 이미 망상의 포로였지.

생각해 봐. 스무 살이면 성인이잖아? 대학에 입학하면 남자에게 눈길도 가고 멋도 부리고 싶어질 때야. 그런 내게 당신이 이루지 못한 꿈이니 망상을 억지로 강요한 거야. 넌 반드시 성공할 거야, 세계적인 첼리스트가 될 거야, 라는 말을 매일 매일 주문처럼 들었어. 숨이 막혀 죽을 것 같은 날들을 겨우 견뎌냈어. 어머니의 말대로 유명한 콩쿠르에서 상도 받고 대학도 수석은 아니지만 그럭저럭 차석으로 졸업해 국비로 보스턴 컨서버토리 유학을 다녀왔지. 하지만 내 마음은 조금도 채워지지 않았어.

나는 왜 첼로를 연주할까? 어머니를 위해서? 그렇게 생각하고 싶지는 않았어. 자신을 위해 첼로를 연주한다고, 그렇게 생각하고 싶었어. 다 놓아 버리고 싶을 때는 사랑하는 카잘스의 음반을 들으며 이를 악물고 견뎠지.

보스턴 유학을 다녀와서 중앙 명문 오케스트라의 첼리스트

자리가 비기만을 끈질기게 기다렸어. 사실은 지방 오케스트라라도, 작은 오케스트라라도 첼로를 연주할 수 있다면 나는 그것으로 좋았어. 그런데 어머니가 절대로 허락하지 않으셨어. 너는 대형 오케스트라의 수석 첼리스트가 될 운명이야, 그런 운명 아래 태어났어. 계속 그렇게 말하면서.

생각해 보면 그 무렵 어머니는 이미 어딘가가 조금 망가진 상태였어. 아니, 훨씬 전부터 조짐이 보였던 것 같아. 하지만 나는 그 사실을 눈치채지 못했어. 조금 더 빨리 알아챘으면 그런 가슴 아픈 결말은 맞이하지 않았을 텐데.

어떻게든 첼로를 포기하지 않고 계속할 수 있었던 이유 중 하나는 어떤 일본인 여성 첼리스트의 존재였어. 중앙 명문 오케스트라의 첼리스트였던, 차분하고 투명한 음색과 깊고 평온한 선율을 각인시키는 연주자. 학생 시절부터 동경했고 어머니도 "그 사람을 따라잡아 뛰어넘는 거야"라고 늘 목표로 내세우셨어. 그녀가 나오는 연주회는 되도록 전부 가서 한 음 한 음 놓치지 않으려고 온몸으로 들었지. 그래, 카잘스가 머나먼 밤하늘에서 가장 밝게 빛나는 별이라면 그녀는 눈부시게 화려한 보석 가게 진열장을 장식하는 매우 아름다운 다이아몬드 반지. 분명 나도 열심히 노력하면 손에 넣을 수 있어. 동경으로 끝내고 싶지 않아. 그런 마음이 들게 하는 존재. 언젠가 그녀와 한 무대에 서서 연주하는 것이 내 꿈이 됐어. 그래, 어머니의 꿈이 아니라 거짓 없는 진정한 내 꿈.

그러던 어느 날, 어처구니없는 소식이 날아들었어.

그녀가…… 그 첼리스트가 '은퇴'한다고. 그리고 그 말인즉
슨 그녀의 자리가 빈다는 뜻이었지.

나는 충격으로 아무 말도 못 했어. 조금만 더 노력하면 손에
닿을 것 같았던 정말 아름다운 다이아몬드 반지를 정체 모를
누군가가 가로챈 듯한 기분. 언젠가 함께 연주하고 싶다는, 꿈
일지도 모르지만 꿈으로 끝내고 싶지 않은 꿈이 역시 꿈이 되
고 말았어.

그런데 말이야, 나보다 더 흥분한 사람은 어머니였어. 마유
미, 굉장한 기회야! 무슨 일이 있어도 꼭 그 사람이 앉았던 첼
리스트 자리를 차지해야 해! 어머니는 악에 받친 듯 소리쳤어,
미친 사람처럼.

솔직히 나는 그러고 싶지 않았어. 설령 그 오케스트라의 첼리
스트가 된다고 해도 그 사람과는 함께 공연할 수 없었으니까.

나는 오케스트라 심사회에 지원하지 않겠다고 완강히 버텼
어. 생각해 보면 어머니의 뜻을 거스른 처음이자 유일한 순간
이었지. 어머니는 내가 당신의 설득에 넘어가지 않으리라는
것을 알고는 그래, 라고 한마디만 하셨어.

그럼 넌 이제 내 딸 아니야. 그렇게 말하더니 집을 홱 나가
버렸어. 그러고는 사흘 내내 돌아오지 않았지. 결국 이웃 동네

를 헤매던 어머니를 경찰이 발견해 보호했는데…… 그래, 어머니는 '초로기치매'였던 거야.

지금은 널리 알려진 병이라서 너희들도 들어본 적 있을 텐데, 십몇 년 전에는 일반인들은 아직 잘 모르던 병이라 정신이 이상해진 것은 아닐까 하는 생각도 들었어. 일단 병원 심료내과*에 입원했는데 침대 위에서 중얼중얼 중얼중얼 마유미는 이제 내 딸 아니야, 마유미는 이제 첼로 따위 안 켜니까, 라는 말만 반복했어. 나는 무섭고 불안해서 정말로…… 어떻게 해야 좋을지 몰랐어.

절망적인 상황에서 문득 어머니가 좋아하는 곡을 들려드리자는 생각이 들었어.

온갖 새들이 예수의 탄생을 찬미하는 노래. 카잘스가 고향의 자유와 평화를 염원하며 연주했던 아름답고 처량한 노래. 그래, 카잘스의 '새의 노래'였어.

약 기운으로 몽롱한 어머니의 귀에 이어폰을 꽂고, CD 플레이어 재생 버튼을 눌렀어. 그랬더니 어머니의 볼이 실룩 움직였어. 이윽고 얼굴에 떠오르던 부드럽고 따스한 빛. 비로소 안식을 찾은 사람 같았어. 그 모습을 말없이 물끄러미 바라봤어.

---

* 정신과와 내과를 결합한 진료과로, 심리사회적인 면을 포함해 환자를 통합적으로 진료한다.

아, 사람의 얼굴이 음악 때문에 이렇게 빛날 수도 있구나. 음악이 한 사람에게 이렇게나 큰 의미일 수도 있구나. 첩첩이 쌓이는 생각과 감정에 어느덧 눈물이 멈추지 않았어.

그리고 결심했어.

어머니를 위해서, 그리고 나 자신을 위해서 그 사람이 있던 오케스트라의 입단 오디션에 참가하자고.

일본국제교향악단의 첼리스트가 되자고.

마유미는 숨도 쉬지 않고 말했다. 계속 말했다.

아야토와 주리는 숨을 죽이고 그 목소리에 귀를 기울이며 마유미에게서 눈을 떼지 못했다. 와온은 희미하게 떨리는 손끝을 느꼈다.

알아 버린 것이다. 마유미의 운명을 이끈, 빛나는 다이아몬드 반지 같은 여성 첼리스트. 그녀가 바로 누구인지.

그 첼리스트의 이름은 오다 토키에. 와온의 어머니였다.

11

마유미와 함께 아야토와 주리를 역까지 바래다주고 집으로 돌아오는 길, 조금 전까지 신나게 재잘거리던 와온의 입이 딱

붙어 버렸다.

식사를 하면서 들은 마유미의 이야기가 몹시 충격적이었기 때문이다. 친구들이 있는 동안에는 와온도 웃어 보였지만 마유미와 단둘이 남겨지니 어떤 말을 해야 좋을지 알 수 없었다. 와온의 여린 마음 사이로 돌풍이 분 듯 감정이 격하게 흔들렸다.

마유미가 한 과거 이야기. 그것은 상상을 초월한 장렬한 이야기였다.

마유미 어머니의 첼로를 향한 집념, 그 어머니의 지도 아래 네 살부터 시작한 첼로. 게다가 성인이 된 이후 휘말린 여러 가지 갈등. 그리고 분명하게 말하지는 않았지만 '다이아몬드 반지처럼 동경한 여성 첼리스트'란 틀림없이 어머니 토키에였다.

마유미의 이야기를 다 들은 아야토와 주리는 하여간 "대단해……"라며 감탄했다. 예술의 정점에 도달하는 어려움과 그럼에도 도전한 마유미의 노력에 진심으로 놀라고 감동을 받은 기색이었다. 그러나 앞으로도 계속 피아노를 치도록 아야토를 격려할 생각으로 시작한 과거 이야기는 오히려 아이들을 주저하게 만든 듯했다.

"아아, 저질렀네."

역에서 이어지는 상점가를 어슬렁어슬렁 걷는 마유미가 크게 기지개를 켜며 한숨과 함께 말했다. 너무 큰 목소리에 역에서 귀가하던 사람 몇 명이 돌아봤지만 전혀 개의치 않고 계속 크게 말했다.

"악기를 하려면 진심으로 하라고 아야토에게 말하고 싶었을 뿐인데……, 왠지 눈치 없이 분위기 깬 것 같지?"

이렇게 큰소리로 떠드는 상황이 더 눈치가 없다고 말하고 싶었지만 와온은 꾹 참고 대답했다.

"그냥 깜짝 놀란 것 같기만 했어요. 마유미 씨가 하고 싶었던 말은 잘 전해졌을 것 같아요……, 아마도요."

마유미가 뒤돌아봤다.

"아마도?"

"아뇨, 정정할게요. 분명하게."

아하하, 마유미는 요괴 팀파니로 돌아가 경쾌하게 웃었다.

"그래, '분명하게' 말이지. 지금 날 걱정하는 거야?"

"아뇨, 그런 게 아니라. 아야토와 주리는 그런 건 꽤 확실하게 받아들이는 아이들이라고 생각해서……. 중요한 핵심을요."

마유미가 와온을 물끄러미 바라봤다.

"왜 그러세요?"

와온이 조금 긴장했다. 마유미는 열없이 웃으며 말했다.

"그렇게 말하는 네가 가장 잘 이해한 것 같네. 중요한 핵심을."

가슴이 두근거렸다.

이 사람, 아야토를 격려하는 척하며 사실은 내게 무언가 말하고 싶었던 것 아닐까. 그런 느낌이 들었다.

마유미가 와온에게 말하고 싶었던 '무언가'. 그것이 가장 중요한 핵심이었던 것이다.

"당연히 눈치챘겠지? 내가 동경한, 노력해서 어떻게든 손에 넣고 싶었던 다이아몬드 반지. 그 사람이 바로 네 엄마였다는 사실을."

마유미는 걸음을 조금 늦추며 인도 가장자리, 와온의 왼쪽에 나란히 서며 말했다. 와온은 당황했지만 솔직하게 고개를 끄덕였다.

"놀랐니?"

다시 한번 고개를 끄덕였다.

"네, 조금."

마유미는 아련하고 쓰라린 웃음을 지으며 자신의 발부리로 시선을 떨궜다.

"딱히 숨길 생각은 없었는데……. 갑자기 그런 이야기를 털어놓으면 혼란스러워할 것 같았거든."

그렇게 말하자마자 곧바로 "아니. 내가 혼란스러웠어"라고 고쳐 말했다.

"생각해 보면 줄곧 혼란스러웠어. 치매에 걸린 어머니의 기운을 북돋우려고 일본국제교향악단에 지원해서…… 혼란스러웠지. 그런 상황에서조차 나는 내 의지대로 싸우지 못하는구나, 하고."

도대체 나는 무엇을 위해 이렇게나 필사적으로 첼로를 연주하려는 걸까.

항상 무언가에 떠밀려 연주하고 있어. 스스로의 의지가 아니라 다른 무언가에 떠밀려 움직이는 것처럼.

와온의 아버지 가지가야 소이치로가 전임지휘자를 맡고 있는 오케스트라에 지원했을 때 마유미의 가슴속에는 방황과 망설임이 어지럽게 소용돌이쳤다. 명문 오케스트라의 첼리스트 모집은 흔치 않은 기회였기에 당연히 상당수의 지원자—추천서를 받은 사람이니 콩쿠르 수상자니—가 모여들었다. 직전까지 마음의 갈피를 잡지 못한 채 마유미는 인생을 좌지우지할 입단 오디션에 도전했다. 어려운 과제곡 두 곡과 지원자가 자유롭게 선택할 수 있는 첼로 독주곡 한 곡을 심사위원 앞에서 연주해야 했다. 단단히 긴장해서는 첼로를 안고 심사위원 앞으로 걸어 나갔다.

심사위원석에 나란히 앉은 얼굴들을 향해 머리를 살짝 숙이며 인사했다. 찰나의 순간, 낯익은 얼굴 둘이 시야에 들어왔다. 하나는 연주회 가장 처음과 가장 마지막에 객석으로 돌아서는 지휘자, 가지가야 소이치로의 얼굴. 그리고 나머지 하나는 동경하는 첼리스트로 가지가야 소이치로의 아내, 오다 토키에의 신경질적이고 창백한 얼굴이었다.

'그 사람이 있다.'

내 연주를 들려줄 처음이자 마지막 기회다. 그렇게 생각했다. 갑자기 피가 춤을 추듯 빠르게 몸속을 돌기 시작했다. 온몸을 사슬처럼 옥죄던 긴장이 거짓말처럼 스르르 풀리면서, 마유미는 고원에서 청량한 바람을 품 안 가득 안는 사람처럼 첼로와 호흡하듯 두 팔로 부드럽게 안았다. 그리고…… 연주를 시작했다. 과제곡 중 하나, 드로브작의 '첼로 협주곡'을.

숨을 크게 들이마셨다. 정적이 내려앉은 세상을 장중한 선율이 깨웠다. 신기한 일이었다. 그동안 이 협주곡을 어떻게 연주할지 마음속으로 수없이 이미지를 그려봤지만 손가락과 활이 좀처럼 뜻대로 따라주지 않았다. 그런데 바로 이 순간에는 스스로도 믿기지 않을 정도로 손가락과 활이 가볍고 적확하게 움직였다. 손가락이 지지배배 지저귀며 이 가지에서 저 가지로 날아다니는 작은 새가 되어 지판 위를 누볐다. 활이 반짝이는 수면에 스칠 듯 아슬아슬하게 헤엄치는 물고기가 되어 현 위에서 힘차게 미끄러졌다. 생생하고 눈부신 선율이 마유미를 감쌌다. 흩날리는 송진 가루가 아득했다. 어느덧 오디션 중이라는 사실도, 동경하는 첼리스트가 눈앞에 있다는 사실도 잊고, 오로지 연주에만 몰입했다. 내 세상에 나와 첼로, 그리고 내 연주만이 존재하는 것처럼. 순수하게, 부드럽고 깊게, 때로는 장엄하고 강하게, 쉬지 않고 연주했다.

"인생에서 처음으로 찾아온 순간이었어. 아, 첼로와 내가 하나가 됐다. 완전히 혼연일체가 되었다고 느낀 적은 그때가 처음이었지. 과제곡을 연주하는 동안 뭐랄까, 행복으로 벅찬 시간이었어."

마유미가 방금 막 연주를 마친 듯 가뿐한 목소리로 말했다. 와온 역시 유쾌한 연주를 들은 기분이었다.

"그런데 말이야. 세 번째 곡, 내가 선택한 자유곡을 연주하기 시작했을 때, 야단이 났지."

마유미가 선택한 곡은 바흐의 '무반주 첼로 모음곡'. 어릴 적에 어머니가 사랑하는 파블로 카잘스의 연주 음반을 모녀 둘이서 즐겨 들었다. 그 연주를 아주 조금 의식해서 카잘스와 비슷한 스타일로 연주했다. 첼로와의 일체감은 여전히 강했다.

그런데 연주가 막바지에 접어들었을 때, 생각지도 못한 방향으로 마음이 움직였다. 지그시 감은 눈앞에 문득 어머니의 모습이 떠올랐다. 어린 마유미를 품에 안고, 깊게 울리는 카잘스의 첼로 소리에 포근하게 안긴 어머니의 모습이.

언제였을까. 마유미가 초등학생이었을 때, 심한 고열에 시달린 적이 있다. 콩쿠르가 코앞으로 다가와 레슨을 하루도 쉴 수 없는 시기였다. 앓아누우면 첼로를 켤 수 없어 어머니에게 혼난다며 가위에 눌렸다. 그리고 비몽사몽 간에 들려온 것은 카잘스가 연주하는 바흐의 그 곡.

정신이 들고 보니 곁에 어머니가 조용히 누워 있었다. LP판 위에 턴테이블 바늘을 올려놓고, 마유미를 품에 안은 채 어린 아이를 달래듯이 부드러운 박자로 등을 토닥였다. 고치에 감싸인 듯 평온한 잠기운이 온몸을 감쌌다. 어느새 마유미는 잠이 들었다. 열이 썰물처럼 저 멀리 빠져나가는 감각을 느끼며.

그리고 가장 최근 어머니의 모습. 병원 침대에 힘없이 누운 깡마른 몸. 이제는 딸의 이름조차 가물가물할 정도로 모든 기억을 잃어가는 어머니. 그런 어머니의 귀에 이어폰을 꽂고 카잘스의 '새의 노래'를 들려준 순간 지었던 어머니의 표정을 잊지 못한다. 마치 먹구름 사이로 드러난 봄빛 충만한 푸른 하늘처럼, 살며시 벌어진 구름 틈새로 쏟아져 내리는 빛을 머금고 반짝반짝 빛나는 호수처럼 포근했던 그 표정.

연주를 이어가는 마유미의 가슴에 무언가가 가득 차올랐다. 엄마, 하고 마음속으로 목 놓아 불렀다.

엄마, 나는 줄곧 엄마를 위해 계속 첼로를 연주하는 게 고통스러웠어. 나 자신을 위해 연주한다는 생각이 들지 않아 슬펐어. 하지만 지금, 깨달았어.

난 항상 첼로를 진심으로 사랑하고 연주하고 싶어서, 첼로와 하나가 되고 싶어서 여기까지 온 거야. 그리고 지금 이 순간, 처음으로…… 엄마, 당신을 위해 연주하고 있어요.

들려요? 엄마. 이것이 바로 내 소리예요.

엄마가 모든 인생을 걸고 내게 선사한 엄마의 소리요.

마지막 한 소절, 참지 못한 눈물이 고였다. 마지막 음까지 전부 연주한 순간, 한줄기 눈물이 흘러내렸다.

지나치게 감정적인 연주는 오디션에 알맞지 않다. 반드시 참아야 했던 눈물이었다. 그런데 흘리고 말았다.

아아, 끝이다. 그렇게 생각했다. 이 눈물로 모든 것이 끝나버렸다. 틀림없이 불합격이겠지. 그런데도 마음은 비 온 뒤 갠 하늘처럼 맑았다.

일어나서 인사를 하고 머리를 들었다. 마유미의 시선이 뜻하지 않게 토키에의 시선과 마주쳤다. 그 순간, 마유미는 숨을 멈췄다.

토키에의 눈동자가 그득히 젖어 있었다. 그 눈이 마유미를 향해 조용히 말을 거는 듯 느꼈다. 괜찮아요, 그런 연주법이라도…… 라고.

"그래서 말이야. 결과는 믿을 수 없게도 합격이었어."

마유미가 한숨과 함께 말했다.

"난 지금도 그렇게 믿어. 토키에 씨가 나를 마지막까지 밀어준 게 틀림없다고. 그 사람의 마음에 내 소리가 분명히 닿은 덕분이라고. 그렇게 생각하지 않니?"

동의를 구하는 마유미의 말에 와온은 황급히 고개를 돌렸다. 훨씬 전부터 눈물이 그렁그렁했다. 한심한 얼굴을 보이지 않으려고 반대쪽으로 고개를 돌린 채 겨우 고개를 끄덕였다.

왜일까, 까닭 없이 기뻤다. 어머니가 아버지의 곁을 떠난 이유는 어쩌면 마유미라는 존재 때문일지도 모른다. 그런 생각이 들지 않았던 것은 아니다. 하지만 어머니와 마유미가 한순간이라도 서로 마음이 통했던 일, 그것이 첼로 연주로 이어진 일이었다는 점. 그 사실이 못내 기뻤다.

밤하늘을 올려다보고는 우웅 하고 크게 기지개를 켜며 마유미가 하나 더, 라며 말을 이었다.

"이야기가 길어졌네. 하지만 하고 싶었던 말은 단 하나야. 네 엄마가 얼마나 멋진 사람이었는지, 바로 그것."

와온은 교복 재킷 소매로 슬쩍 눈물을 훔치고는 마유미를 바라봤다. 그리고 말했다.

"……마유미 씨의, 어머니도요."

마유미가 불현듯 걸음을 멈췄다. 와온도 덩달아 걸음을 멈췄다. 마유미가 와온을 돌아보며 미소 지었다.

"……고마워."

가로등 역광 탓에 마유미가 어떤 표정을 짓고 있는지는 보이지 않았다. 그러나 그 목소리에는 아주 조금 물기가 어려 있었다.

12

11월 어느 화창한 날, 와온은 열여섯 살이 됐다.

작년까지는 생일이면 소이치로가 평소보다 훨씬 빨리 집으로 돌아와 택시를 타고 레스토랑으로 데리고 갔다. 일 년에 한 번 있는 아버지와의 데이트. 와온에게는 즐겁다기보다 다소 귀찮은 일이었다. 아무튼 평소에는 거의 얼굴을 볼 수 없는 아버지와 마주 앉아 짧지 않은 시간을 보내야 했다. 그맘때 딸에게는 퍽 고역이었다.

"요즘 학교생활은 어때?", "친구들과 놀러 다니기도 하니?", "가장 잘하는 과목은 뭐야?" 등, 오르되브르를 먹는 동안 소이치로의 질문이 계속됐다. 그 질문에 와온은 "응, 그럭저럭"이라거나 "가끔"이라거나 "딱히"라며 한두 마디로 대답했다. 그러면 소이치로는 "그렇구나" 대꾸했고, 두 사람은 말없이 나이프와 포크를 움직였다. 그리고 메인요리가 나올 즈음 소이치로가 "요전 마쓰모토에서 열린 연주회는……"이니 "파리에 갔을 때……"니 연주 여행의 에피소드를 조금씩 이야기했다. 와온은 "흐음"이나 "오"라며 다시 짧게 맞장구쳤다. 소이치로가 농담을 던지고 혼자 웃으면 와온도 예의상 따라 웃었다. 마음속으로는 '아재 개그 또 시작됐네……', '썰렁해……'라고 시큰둥한 생각만 들었다.

디저트 단계가 되면 레스토랑 직원이 촛불을 켠 작은 케이크를 정중하게 받쳐 들고 나왔다. 직원이 "해피 버스데이 투 유"라고 목소리를 맞춰 노래를 부르면 와온은 짐짓 미소를 띠우고 초를 불어 껐다. 그리고 소이치로가 천천히 책이나 인형이나 시계 등 여자아이가 좋아할 만한 선물을 "자, 생일 축하한다"하고 건넸다. 역시 적당히 웃으며 "고맙습니다" 인사하고 받았다.

그야 감사하다고 생각한다. 바쁜 와중에도 이렇게 축하해줘서.

하지만 해마다 귀찮다는 마음이 더 강해져 버렸다.

소이치로와 떨어져서 맞이하는 첫 생일. 지금까지 아버지가 준비한 생일 파티를 떠올리니 아버지 나름대로 정성을 들였구나, 깨달았다. 그런 식으로 생각해 본 적은 처음이었다.

헤어져 있기에 비로소 알게 된 사실일지도 몰랐다.

지금까지 생일을 축하해 주던 단 한 사람이 곁을 떠난 채 올해 생일을 특별한 일 없이 맞이하게 됐다.

반 친구들은 생일날에는 서로 선물을 주고받고 노래방 파티를 하는 등 각자 떠들썩하게 보내는 듯했지만 와온은 자신의 생일을 아무에게도 알려주지 않았다. 누구도 묻지 않았고 스스로도 "애들아, 곧 내 생일이야"라고 다른 여자아이들처럼 순수하게 어필할 수도 없었다. 물론 새 동거인 마유미에게도 적극적으로 알려주려 하지 않았다.

마유미가 왜 첼로를 켜게 되었을까. 왜 아버지가 소속된 오케스트라에 입단했을까.

숨김없이 이야기해 준 그날부터 와온과 마유미의 마음의 거리가 조금씩 좁혀졌다.

마유미가 자신의 이야기를 모조리 털어놓은 행동. 그것은 너도 내게 무엇이든 이야기해도 된다고 말해준 것 같았다. 그리고 왜인지 안심이 되는 일이었다. 그렇다고 "저기요, 곧 제 생일이네요"라고 해맑게 밝히지는 않았지만.

집에 돌아가면 마유미가 있다. 신기하게 그 자체만으로도 와온의 마음에 밝은 선율이 흐르는 기분이었다.

다녀왔습니다, 현관문을 열며 인사해도 대답은 돌아오지 않는다. 식당에 가면 헤드폰을 쓰고 큰 소리로 음악을 듣는 뒷모습이 보인다. 새어나오는 소리는 베토벤이나 브람스. 차이콥스키나 모차르트. 가만히 고개를 숙이고 때로는 오른손가락 사이에 연필을 끼우고 허공에 붕붕 휘두르며 심원한 음악의 세계에 빠져든다. 와온이 돌아왔다는 사실 따위 조금도 눈치채지 못한 채.

마유미가 있다. 그리고 사랑하는 음악에 빠져 있다.

그 사실에 왜인지 와온은 안심이 됐다. 와온은 무의식중에 발소리를 죽이고 방으로 들어가 자신 역시 음악에 빠져들었다. 여전히 aiko나 펑키 몽키 베이비즈나 이키모노가카리, 무척 좋아하는 J-POP 아티스트들. 하지만 바흐나 드보르작도 들었다. 파블로 카잘스나 므스티슬라프 로스트로포비치, 쓰쓰미 쓰요시, 요요마, 후지와라 마리 등 전설부터 신예까지 다양한 첼리스트의 연주로.

슬슬 출출하니 부엌으로 내려가 카레나 파스타나 냉동 크로킷 같은 간단한 음식을 만들어야겠다. 요즘에는 마유미가 밥솥에 밥을 지어 놓는다. 그리고 저녁 식사를 다 차릴 즈음 "아아, 배고프다"하며 나타난다. 찬장에서 식기를 꺼내고 원고를 너무 써서 어깨가 뻐근하니, 가끔은 아야토를 데리고 오라느니 이런저런 이야기를 하며 상을 차린다. 둘이서 마주 앉아 잘 먹겠습니다 하고 손을 모은다. 식사를 하는 동안에도 끝난 뒤에도 서른아홉 살 여자와 곧 열여섯 살이 될 여자는 정겹게 재잘재잘 수다를 떨었다.

마유미는 아침잠이 많아서 와온이 학교에 가는 시간에는 여전히 꿈나라다. 와온은 스스로 아침을 챙겨 먹고 조용히 현관을 나선다. 생일날 아침에도 당연한 것처럼 와온은 혼자 조용히 집을 나섰다.

역으로 향하는 길에 갑자기 오늘부터 열여섯 살이구나 하는 생각에 가슴속에 간지러운 느낌이 퍼졌다. 그다지 경험하지 못한 감각이었다. 쓸쓸함과 닮은 기쁨 같은. 어제보다 아주 조금은 어른이 된 듯한, 하지만 아직 소녀이고 싶은.

출근과 등교 인파로 붐비는 역 플랫폼에 줄을 서 있는데 문득 어머니가 떠올랐다. 어머니와 울지 않는 카나리아 토와가.

카나리아로 태어났어도 울지 않는 카나리아도 있어. 울고 싶어도 울지 못하는 카나리아도 있단다.

엄마는 혹시 울지 못하는 카나리아 같은 존재일까. 하지만 말이야, 와온. 너는 울 수 있는데 울지 않는 카나리아야.

모르겠다고? 그렇겠구나, 너무 어렵지, 이런 이야기. 하지만 와온도 언젠가는 이해할 거야. 조금 더 어른이 되면.

엄마가 그때까지 기다릴 수 있을까? 기다려도 괜찮을까?

마치 빗방울이 보슬보슬 떨어지는 것처럼 아주 오래전 어머니의 말이 가슴속에 떨어져 마침내 가득 퍼졌다.

와온은 어머니의 말 한마디 한마디를 전부 기억하는 자신이 신기했다. 그때 가슴에 와닿던 낯선 감각까지도 생생하게 되살아났다. 쓸쓸함과 닮은 분한 감정 같은.

어머니의 말뜻을 이해하지 못하는 자신, 어른이 아닌 스스로가 분하고 싫었다.

지금의 나는 어떨까.

조금은 어른이 되었을까. 조금은 스스로를 좋아하게 되었을까.

그 시절 어머니의 말. 만약 어머니와 만나 또다시 같은 말을 듣는다면…… 이해할 수 있을까.

흔들리는 만원 전철의 손잡이에 매달려 그런 생각을 했다.

하지만 역시 "너는 울 수 있는데 울지 않는 카나리아야"라는 말의 의미는 좀처럼 알 수 없었다.

엄마가 그때까지 기다릴 수 있을까? 기다려도 괜찮을까? 라고 말한 의미도.

오늘, 홀로 조용히 열여섯 살이 됐다. 어머니가 남긴 말의 의미를 이해하지 못한 채, 아직 어른과는 거리가 먼 열여섯 살이.

"다녀왔습니다아."

인사하며 현관문을 열었다. 평소처럼 대답은 없었다. 하지만 달콤한 바닐라 향과 버터를 굽는 냄새가 물씬 풍겼다.

……뭐지?

와온은 고개를 갸웃하며 집으로 들어갔다. 설마 싶어 부엌을 들여다봤더니,

"해피 버스데이!"

팡, 팡! 폭죽이 터지면서 형형색색의 꽃가루가 흩날렸다. 와온의 눈이 휘둥그레졌다.

검은색 허리앞치마를 두른 마유미가 부엌 한가운데에 서 있었다. 마유미의 양옆에는 아야토와 주리가 서 있었다. 세 사람 모두 웃는 얼굴로.

"열여섯 번째 생일 축하해!"

주리가 분홍빛 꽃으로 만든 꽃다발을 와온의 품에 안겨줬다.

"어어? 어떻게?"

무심코 고맙다는 인사보다 먼저 외치고 말았다.

"어떻게 알았어, 내 생일? 둘은 왜 여기 있고?"

"우리 종례 끝나자마자 곧바로 학교에서 튀어나왔지. 여자애들한테 와온 좀 붙잡아 두라고 부탁하고."

아야토가 말했다. 그러고 보니 하굣길에 반 친구들 몇 명에게 붙잡혔다. 영어 노트를 보여 달라는 둥 이런저런 핑계로. 평소에 그런 부탁을 하는 아이들이 아닌데 무슨 일이지 생각하면서 노트를 그대로 베끼는 것을 기다리다 보니 평소보다 한 시간 정도 늦게 집에 돌아왔다.

"오늘 와온 생일이라고 마유미 씨가 문자를 했거든, 지난주에. 그래서 깜짝 놀래켜주자! 하고 계획을 짰지."

주리가 장난스럽게 말했다. 마유미가 "그렇게 된 거야"라며 앞치마를 벗었다.

"나는, 네 걱정 많은 아빠에게 들었고. '11월 11일은 와온 생일이야', '올해는 아무것도 못 해주는데 괜찮을까', '역시 뭐라도 해주고 싶어'라고. 진짜 시끄러웠어."

깔깔거리며 기분 좋게 웃었다.

"역시 지휘자 소이치로 님!"

"와, 아버님 멋지시다."

주리와 아야토도 웃었다. 와온은 멍하니 세 사람을 바라보다가 황급히 등을 돌렸다. 생각지도 않게 눈물이 차올랐기 때문이다.

이런. 어쩌지. 눈물이 멋대로…….

마유미가 와온의 어깨를 가볍게 토닥였다.

"자자, 내가 솜씨를 발휘해 만든 생일 디너. 먹어 볼래?"

와온은 두 손으로 눈을 비비며,

"네. 무섭긴 하지만."

갑자기 이마에 딱밤을 맞았다.

"아야! 뭐예요."

"무서워도 먹어."

마유미가 무서운 목소리로 말했다. 아야토와 주리가 계속
웃었다.

네 사람은 식탁에 둘러앉았다. 이 집에서 이렇게 시끌벅적
한 저녁 식사는 참으로 오랜만이었다. 마유미가 직접 만든 크
림 스튜는 조금 짰고, 거품기와 오븐과 종일 씨름해서 만들었
다는 케이크는 고통스러울 정도로 달았다. 그래도 지금까지
아버지가 데리고 갔던 그 어떤 일류 레스토랑의 요리보다도
맛있다고 느꼈다.

식후 커피를 다 마셨을 때, 아야토가 "자리 옮길래?"라고 말
했다.

"선물이 있어."

뜻밖의 제안에 와온은 놀랐다.

"정말?"

아야토가 고개를 끄덕였다. 마유미와 주리도 얼굴을 마주보며 고개를 끄덕였다.

"연습실로 가자."

네 사람은 소이치로의 연습실로 들어갔다. 그랜드 피아노의 뚜껑을 버팀봉으로 받쳐 놓았고, 건반 뚜껑도 이미 열어 놓았다. 피아노는 얌전하게 연주자를 기다리고 있었다.

아야토는 그랜드 피아노 앞에 앉았다. 세 사람도 나란히 놓은 의자에 앉았다.

아야토가 두 손을 조심스럽게 건반 위에 올려놓았다. 작게 숨을 들이마시고 연주하기 시작한 곡은…… 모차르트 피아노 소나타 제9번 D장조 K. 311 2악장.

잔잔하고 사랑스러운 안단테 선율이 와온의 마음을 어루만졌다. 졸졸졸 흐르는 맑은 시냇물. 연둣빛 물감을 풀어 놓은 듯 산뜻한 공기. 살랑살랑 부드럽게 흔들리는 나뭇잎 사이로 비치는 볕뉘. 따스하게 내리는 볕을 쬐며 든 선잠. 읽다 말고 펼쳐둔 책장을 간지럽히듯 넘기는 산들바람.

마음을 채우는 달콤한 선율에 와온의 상상은 날개를 달고 파닥였다.

눈을 감고 가만히 귀를 기울였다. 차분하게 흐르는 선율이 희망을 선물했다. 청아하게 울리는 피아노 소리가 와온을 축복했다. 마지막 음이 담백하게 울렸다.

연주가 끝나자 세 사람은 약속이나 한 듯 일제히 박수쳤다. 아야토가 의자에서 일어나 인사했다. 세 사람도 자리에서 일어나 쉬지 않고 박수로 화답했다. 기립박수였다. 아야토는 무척 쑥스러워하며 머리를 긁적였다.

"대단해. ……엄청 좋았어. 고마워."

와온이 말했다. 아야토가 "아니…… 나야말로 고마워"라고 대답했다.

"나 말이야. 결정했어. 일단 음대에 가기로.……전에 여기 와서 이 피아노를 치고 마유미 씨의 이야기를 듣고서…… 아직 늦지 않았을지도 모른다고 생각했어. 부모님께 말씀드렸더니 한번 해보라고, 학비는 어떻게든 마련해 보겠다고 하시더라고."

아야토가 겸연쩍게 말했다. 와온의 얼굴이 순식간에 밝아졌다.

"정말? 그럼 피아노 포기 안 하는 거네."

아야토가 고개를 크게 끄덕였다.

"잘됐다!"

와온이 자신도 모르게 팔짝 뛰었다.

"나도. 어쩌다보니 진로를 정했어."

주리도 뺨에 홍조를 띠고 말했다.

"곧 진로 상담 하잖아? 이것저것 생각해 봤거든. 난 악기는 못 다루지만 저기, 아티스트라고 해야 하나 연주가의 매니저 같은 걸 하고 싶다는 생각이 들어서…… 마유미 씨에게 문자로 상담했더니 '잘 생각했다'고 말해 주셨어."

음악 제작과 관련된 일을 할 수 있도록 그쪽 계열 비즈니스 학교에 갈 생각이야.

와온은 주리의 결심을 듣고 "대단해!"라며 감탄했다.

"둘 다 굉장하다. 왠지 멋있어."

아야토와 주리가 수줍게 웃었다. 마유미도 조용히 미소 지었다.

친구들의 결심은 그 어떤 선물보다도 기뻤다. 그리고 그것은 자연스럽게 와온의 등을 밀어주는 듯도 했다. 와온도 함께 나아가자고.

어떤 길을 걸어갈까. 그 길은 멀리까지 이어져 있을까.

막 열여섯 살이 된 와온의 눈에는 아직 두 친구처럼 분명히 보이지는 않지만.

아야토와 주리를 역까지 바래다주고 돌아오는 길, 마유미와 와온은 전처럼 신나게 수다를 떨면서 상점가를 걸었다.

"멋졌어요, 아야토의 피아노. 터치가 엄청 부드러웠어요. 그런데도 음이 쭉쭉 뻗는데…… 군데군데 팔딱 튀어 오르는 물고기처럼. 전조 부분에서도 흐름이 자연스럽고 부드러웠어요."

방금 전까지 꾼 꿈을 되새기며 음미하듯 말했다. 마유미는 와온의 옆모습을 바라보며 중얼거렸다.

"아야토만 대단한 게 아니야. 너도 그래."

와온이 마유미를 돌아봤다. 마유미의 눈에 설핏 웃음이 어렸다.

"무의식중에 제대로 표현하잖아. 아야토의 연주. '팔딱 튀어 오르는 물고기처럼'이라고."

갑작스러운 말에 와온의 얼굴이 붉어졌다. 피아노 선율이 물고기가 튀어 오르는 것 같다니, 곰곰이 생각하면 이상한 표현이다. 연주자에게 실례가 될까 봐 조금 후회했다.

"죄송해요. 이상한 말을 해서. 그 표현은 취소할게요."

진지하게 말하자 마유미가 "왜?"라며 되물었다.

"안 이상해. 훌륭해. 그 표현, 네가 생각해낸 거지? 나도 일단은 글쟁이니까 하는 말인데…… 다른 사람을 따라 하지 않고 자신만의 표현을 할 수 있다는 건 표현 방법이 어떻든 대단한 일이라고 생각해. 그러니까 멋져. 너도."

와온이 눈을 깜빡였다.

……자신만의 표현?

마유미가 무슨 말을 하려는지 확실히 이해하지 못했다. 하지만 어렴풋이 가리키고 있다는 기분이 들었다.

그것은 어디로 이어졌는지 아직 보이지 않는 길……과 같은 무언가.

두 그림자가 천천히 집에 도착했다.

열쇠로 현관문을 연 마유미가 돌아봤다. 그리고 돌연 말했다.

"네게 전해주고 싶은 게 있어."

어깨에 멘 작은 가방에서 편지 한 통을 꺼내더니 와온을 향해 내밀었다.

"……생일 선물. 차근차근 읽어 봐."

잘 자렴. 마유미는 인사를 남기고 먼저 집으로 들어갔다. 탁하고 와온의 코앞에서 문이 닫혔다. 가을바람 속에 와온은 홀로 남겨졌다.

하얀 봉투로 시선을 내렸다.

와온에게

받는 사람의 이름이 아주 먼 옛날, 어디선가 본 적 있는 그리운 글씨체로 적혀 있었다.

살며시 봉투를 뒤집었다. 그곳에서 발견한 것은 엄마, 라는 두 글자였다.

13

열여섯 살 생일날 밤 마유미에게 건네받은 편지 한 통.

그것은 어머니의 편지였다.

거짓말. 왜 이제 와서 엄마가?

그보다 왜 이 사람이 이 편지를 내게 주지?

받는 사람에는 주소도 적혀 있지 않고 우표도 붙어 있지 않았다. 즉 어머니가 마유미에게 직접 건넸다는 뜻일까? 혹은 아버지나 다른 누군가가 어머니에게 받아 마유미에게 부탁한 것일까?

이 집을 떠난 뒤 지금까지 어머니가 와온에게 연락한 적은 없었다. 정말로 이 세상에서 사라져 버린 것이 아닌가 싶을 정도로 깨끗하게, 어머니는 와온을 버리고 떠났다.

아버지와 어머니가 이혼하고 어머니가 떠난 것은 5년 전. 와온이 열한 살 때의 일이었다.

이혼을 두고 분명 두 사람은 오랜 시간 이야기를 나눴으리라. 하지만 정작 딸인 와온은 구체적인 이야기는 아무것도 듣지 못했다.

이미 상당히 오래전부터 부모님 사이에 불온한 기운이 흐르기 시작했다.

와온이 열 살이 되었을 무렵 어머니는 늘 무언가 생각에 잠긴 듯 식당에 우두커니 턱을 괴고 있거나 식사 중에도 멍하니 있을 때가 많았다. 그 무렵 와온은 필요 이상으로 긁어 부스럼을 만들까 봐 어머니와 접촉하지 않도록 피했던 것 같다. 그러니 부모님 사이에서 도대체 어떤 식으로 이혼 이야기가 흘러나오고 결정됐는지 알 도리가 없었다. 하기야 열 살 남짓한 소녀였으니 들어도 얼른 이해하지 못했겠지.

아빠와 엄마, 앞으로도 쭉 이렇게 지내는 걸까.

집에 거의 들어오지 않는 아버지와 첼로를 포기한 딸, 그들을 돌보는 첼리스트였던 어머니. 왠지 모르게 생기가 없는 집.

막연한 외로움에 마음이 괴로울 때면 언제나 날아가 버린 진녹색 카나리아, 토와를 떠올렸다.

토와가 여기 남아서 예쁜 소리로 울었으면 집이 훨씬 밝았을지도 모른다. 울지 않는 카나리아였지만 만약 한 마리 더, 잘 지저귀는 카나리아를 같은 새장에 길렀으면 울었을지도 모른다.

아 맞아, 토와도 분명 외로웠던 거야. 분명 친구가 필요했던 거야.

나는 토와의 친구가 되지 못했어.

그런 생각을 하니 더욱 쓸쓸해졌다.

그래서 어느 날 갑자기 어머니가 사실을 털어놓았을 때, 뭐라고 대답해야 좋을지 몰랐다.

"와온. 엄마랑 아빠는 이혼하기로 했어."

와온은 아아, 하고 중얼거렸을 뿐. 그럴 수밖에 없었다.

왜냐하면 아버지와 어머니가 결정한, 와온이 울며 떼쓴다고 해도 절대로 바뀌지 않는 현실일 테니까. 와온이 파고들 틈 따위 단 1미리미터도 없으니까.

그렇게 생각하면서도 고통스러울 정도로 가슴이 울렁거렸다.

난 어떻게 될까.

당연히 엄마와 함께 살겠지? 그렇다면 아빠가 이 집을 나가는 걸까?

원래도 잘 안 들어왔으니 분명 그렇게 되겠지.

어머니와 자신을 늘 방치한 채 오로지 연주회에만 몰두하는 아버지.

카나리아 같은 건 기르지 말라고, 집에 돌아와서까지 잡음을 듣고 싶지 않다고 화를 냈던 아버지.

분명 와온을, 그리고 어머니를 싫어하는 아버지.

그런 아버지가 사라지는 것이다.

그런 생각이 들자마자 가슴이 쿵 하고 무겁게 떨어졌다. 이유는 모른다. 하지만 두 번 다시 아버지를 볼 수 없게 된다는 생각만으로 숨이 턱 막힐 정도로 가슴이 미어졌다.

와온은 속으로 스스로를 타일렀다.

그러는 편이 나아. 아버지가 일에, 음악에 더 집중하려면 우리와 만나지 않는 편이 나아.

아버지의 음악을 위해서. 그렇게 생각할 때면 마음속 폭풍우는 겨우 잠잠해졌다.

그런데…….

집을 나간 사람은 아버지가 아니라 어머니였다.

깜짝 놀랄 정도로 갑작스럽게, 그리고 맥이 빠질 정도로, 어머니와의 이별의 순간이 찾아왔다.

이혼 소식을 듣고 나서 몇 개월. 담담한 나날이 흘러갔다.

어느 날 학교에 다녀온 와온이 다녀왔습니다, 인사하며 현관문을 열었다. 그리고 곧바로 평소와는 다른 낌새를 눈치챘다.

집 안이 기묘하게 고요했다. 평소에는 아름다운 선율이 멀리서 희미하게 흘러나오고, 식당이나 방이나 거실이나 아무튼 어딘가에 어머니가 있고, CD 플레이어에서 흘러나오는 음악을 배경 삼아 소파에 누워서 쉬고 있거나, 저녁 식사 준비를 하거나, 컴퓨터로 무언가를 확인하고 있었다. 그런데 그날 집에는 인기척이 느껴지지 않았다.

가슴이 철렁했다. 형언할 수 없는 기분 나쁜 예감이 엄습했다.

엄마, 부르며 방을 하나하나 둘러봤다. 식당에도 부엌에도 거실에도 어디에도 없었다. 기분 나쁜 예감은 점점 커졌다.

이상해. 장이라도 보러 갔나?

마지막으로 어머니의 방을 들여다본 순간, 헉 소리가 나왔다.

방은 깨끗하게 정리되어 있었다. 늘 사용하던 컴퓨터, 늘 펼쳐져 있던 실러의 시집, 늘 즐겨 듣던 CD가 책상 위에서 사라졌다. 텅 빈 방 한구석에 덩그러니 남겨진 것은…… 즐겨 사용하던 첼로 케이스.

어머니가 떠났다. 첼로를 남겨 두고.

와온은 순간 깨달았다.

그러고는 필사적으로 집 안을 찾아 헤맸다. 편지나 무언가를 남기지 않았을까. 메모나 뭐라도 좋으니 한 줄이라도, 무언가 메시지를 남기지 않았을까. 아무리 찾아도 종이쪽지 한 장 찾을 수 없었다. 한마디도 없었다. 전화도 문자도 무엇 하나.

너무 갑작스러워서 실감이 안 났다. 눈물도 나오지 않았다.

토와와 똑같았다.

와온은 속으로 어머니를 비난했다.

엄마도 토와와 똑같아. 아빠한테 미움받기 싫어서 도망가 버렸어. 이 새장 같은 집에 나만 남겨 두고.

노래하는 법을 잊은 카나리아. 첼로를 버린 첼리스트.

딸을 버린 어머니.

그리고 한동안은 의욕도 생기지 않아 학교를 쉬었다.

한 달 동안 소이치로의 얼굴도 보지 못했다. 오스트레일리아로 연주 여행을 떠나 집을 비운 탓이었다. 방에 틀어박혀 있는 동안 아버지가 몇 번이나 전화를 걸고 문자를 보냈다. 전부 무시하고 곧바로 삭제했다.

버려졌다는 생각을 지울 수 없어 몇 번이나 눈물이 복받쳤다. 하지만 울지 않았다. 울면 지는 것이라고 생각했다.

절대 안 울어. 울면 지는 거야.

그런데 무엇에 지는 것인지 알 수 없었다.

담임 교사가 집으로 방문했다는 사실도 알았다. 하지만 어른은 만나고 싶지 않았다. 반 친구 미카가 카나리아 새끼를 데리고 집으로 찾아왔다. 그제야 겨우 다시 학교에 갈 마음이 생겼다. 결국 새 카나리아를 기르지는 않았지만 그저 친구의 마음이 고마웠기 때문이었다.

간신히 학교에 나갈 결심을 하고 방을 나왔을 때, 교대로 집에 와 주던 소이치로 소속사의 직원 언니가 CD를 잔뜩 건네줬다. 한 장 한 장, 모든 CD 케이스에 아버지의 메시지가 사인펜으로 적혀 있었다.

— 2월 1일, 멜버른의 콘서트홀에서. 드보르작을 지휘했다. 관객 전원 기립.

— 2월 3일, 캔버라의 오페라하우스에서. 현지 솔리스트 아그네스 웰드먼. 스며드는 고음.

연주가 끝날 때마다 그 연주 녹음 CD에 평을 휘갈겨 적어 국제우편으로 보냈다. 몹시 우울해하는 딸에게 자신이 해 줄 수 있는 일은 이것뿐이라는 사실을 알고 있었으리라. CD를 건네받았을 때 와온은 처음으로 아버지를 받아들이겠다고 다짐했다.

앞으로 아빠와 살 거야. 그럴 수밖에 없어.

캔버라에서의 연주회, 베토벤 교향곡 제9번 4악장. 와온은 '환희의 송가'로 알려진 합창이 삽입된 이 악장만 CD에서 골라들었다. 방 침대에서 이어폰을 꽂고 뒹굴거리며.

아주 오래전, 첼로를 배우기 시작하고 몇 년 지났을 무렵. 아버지가 지휘하고 어머니가 첼리스트로 참가한 크리스마스 연주회에서 이 곡을 들었다.

겨우 일곱 살 정도였던 와온은 아직 클래식의 진수를 느낄수 없었다. 그저 어머니가 시키는 대로 무작정 첼로를 켤 뿐. 손가락이 물집투성이가 되도록 이를 악물고. 왜 이렇게 힘들까, 하기 싫다고 눈물을 글썽이며.

그래도 연주가 좋을 때 보여주는 어머니 얼굴. 봄이 오고 벚꽃 봉오리가 툭 하고 단숨에 피어나는 듯한 따뜻하고 밝은. 그 빛나는 얼굴을 보고 싶어서, "잘하네, 방금 연주 좋았어"라는 칭찬을 듣고 싶어서 열심히 노력했다. 자신도 모르는 사이에 작은 가슴에 무언가를 가득 담고서.

일곱 살 와온은 '베토벤 교향곡 제9번'을 난생처음 들었다. 마치 가슴속 이곳저곳에 모아둔 조약돌 같은 것들이 강물에 한꺼번에 휩쓸려 내려간 기분이었다.

와온은 관객석 어른들 틈에서 소리를 죽이고 울었다. 주체할 수 없는 눈물을 가득 흘렸다. 그 자리에는 가슴 한가운데를 가로질러 흐르는 아름다운 개울이 있었다.

소이치로가 지휘하는, 캔버라에서의 베토벤 9번을 이어폰으로 듣는 와온의 가슴 한가운데를 가로지른 것은 그때와 같은 아름다운 개울이었다.

그제 서야 와온은 울었다. 울 수 있었다. 강의 흐름을 거스르지 않고 마음껏, 울고 또 울었다.

안녕, 엄마. 이제 만나지 못하겠지.

그래도 괜찮아. 엄마가 행복하다면.

나도 행복해질게.

서로 행복해지자, 그래서…… 언젠가 다시 만날 수 있으면 좋겠어.

엄마…….

마유미에게 건네받은, 생각지도 못한 어머니의 편지.

두 손으로 품에 안고 집으로 들어갔다.

부엌에서 물이 흐르는 소리가 들렸다. 마유미가 생일 파티 뒷정리를 하는 듯했다. 요즘에는 언제나 둘이서 함께 정리하니까 도울까, 순간 생각했다. 하지만 일부러 현관 앞에서 편지를 건넨 이유는 혼자서 차분하게 읽으라는 뜻이겠지. 와온은 계단을 올라 2층 자신의 방으로 갔다.

교복을 입은 채 침대 위에 앉았다. 봉투에 적힌 글씨를 다시 바라봤다. '와온에게'. 왜인지 흔들린 듯 삐뚤삐뚤한 글씨.

기도하듯 아주 잠시 눈을 감았다.

그리고 천천히 봉투를 열었다. 세 번 접은 물빛 편지지가 모습을 드러냈다.

편지지를 살며시 펼쳤다.

와온에게

열여섯 살 생일을 축하한다. 이 편지를 받고 분명 깜짝 놀랐으리라 생각해.

일본국제교향악단의 내 후배 첼리스트 도미즈카 마유미 씨가 전해줬을 테니까. 마유미는 도대체 어떤 상황에서 네게 이 편지를 전해줄까? 그때 그녀가 네 언니 같은 좋은 친구, 의논 상대가 되어 준다면 좋겠구나. 앞으로 점점 더 성장하고 여자아이답게 예뻐지는 너를 지켜봐 주지 못하는 엄마 대신에 마유미가 네 곁에 있어 준다면 좋겠다. 그런 바람도 함께 담아 마유미에게 이 편지를 맡겼단다.

그래, 이 편지를 쓰고 있는 현재, 와온 너는 열두 살이야. 엄마가 네 곁을 떠난 지도 1년이 지났구나. 아직은 네게 모든 사실을 털어놓기에는 너무 이르구나. 네가 조금 더 어른이 기다리기를 기다렸다가 이 편지를 읽었으면 좋겠다. 그러니까 지금으로부터 4년 뒤, 네가 열여섯 살 생일에 이 편지를 읽을 수 있도록 마유미에게 부탁할 생각이야.

아직 때가 아니라면 내가 열여섯 살이 되었을 때 만나러 와서 이야기해주면 되잖아요. 아니면 4년 뒤에 편지를 써서 우표를 붙여 보내거나. 그렇게 생각할지도 모르겠구나.

맞는 말이야. 하지만 지금 써야만 하는 이유가 있단다.

내가 아빠와 이혼하고 조용히 집을 나온 두 가지 이유가 있어.

우선 첫 번째는 네 아빠와 사이가 원만하지 않았다는 것. 네 아빠는 음악적으로는 존경할 수 있는 사람이어도 역시 한 집안의 가장으로는 아니었어. 그 사실을 잘 알고 결혼한 주제에 일본국제교향악단을 그만둔 뒤 괜히 마음이 괴로웠어. 곁에 있으면 좋겠지만 절대 이룰 수 없는 바람이었지. 그래서 네게 첼로를 가르치는 일에 너무 몰두하고 말았어. 널 몹시 괴롭혔다는 생각이 드는구나.

그리고 또 다른 이유. 이것은 네 아빠에게도 말하지 않았는데. 엄마가 병에 걸렸어.

프라이온병*이라는 불치병이야. 발병 원인을 알 수 없고 치료가

---

* 프라이온이라는 단백질의 이상 증식으로 뇌에 스펀지처럼 구멍이 생기는 신경 퇴행 질환.

어려운 뇌 질환이란다. 시야가 흐릿해지고 머리도 점점 멍해지면서 대화도 할 수 없게 되고 누가 누구인지조차 구분할 수 없게 되는 병이야. 증상이 나타나고 몇 년 뒤면 목숨을 잃는 병이지.

4년 전, 눈이 너무 침침하다 싶었는데 점점 음표도 제대로 안 보이게 됐어. 병원에 갔더니 원인을 알 수 없다더구나. 이대로라면 정상적으로 연주할 수 없을 거라고. 초조했어. 그런데 초조하면 초조할수록 연주를 잘할 수 없었지. 네 아빠는 그만두라고 했어. 당연해. 하지만 가장 사랑하는 첼로를 그만두다니 도저히 그럴 수 없었어. 정말이지 분하고 억울해서……. 하지만 더는 오케스트라에 폐를 끼칠 수 없어 결국 그만두기로 결정했지.

그리고 내 후임을 정하는 오디션이 열렸어. 엄마도 심사위원이었는데 솔직하게 말하면 내 자리를 채울 수 있는 첼리스트 따위 절대로 없다고 생각했단다. 네 아빠도 만족하지 못하고 역시 내가 아니면 안 되느니 어땠느니, 적어도 마지막에 그런 말을 해 주지 않을까 생각했어.

그런데 오디션장에 나타난 사람은 엄마보다 훨씬 어리고 훨씬 멋진 첼리스트였어. 그 사람이 바로 이 편지를 네게 전해준 마유미야. 솔직하고 평온하고 무엇보다 마음을 울리는 멜로디를 연주할 수 있는 첼리스트. 엄마는 정말로 크게 소리치고 싶었단다. 신이시여, 너무하시네요. 이렇게 멋진 사람을 어째서, 앞으로 더는 첼로를 연주하지 못하는 내 앞에 던져 놓으셨나요!? 이 사람과 함께 다시 한번 연주하고 싶잖아요!? 라고. 그 정도로 멋졌어. 엄마가 살면서 들어본 가장 아름답고 애절한 첼로였어. 그 단 한 번의 연주를 계기로 우리는 그 후로도 문자나 편지를 주고받는 사이가 됐단다.

너와 아빠에게는 들키지 않게 조심했지만 엄마는 오케스트라를 그만두고 나서 점점 이상해졌어. 시력이 떨어지고 무언가 깜빡깜빡하고 스스로도 생각지 못한 행동을 하고……. 아무래도 이상하다고 생각해서 병원을 몇 군데 돌았어. 그리고 최종적으로 들은 병명이 프라이온병이었지.

현재로서는 치료가 어려운 병이지만 도호쿠 대학에 이 병을 연구하는 의사가 있다더구나. 그곳에서 치료에 전념하는 게 좋겠다고. 진단한 의사가 권했어.

친정이 센다이니까[*] 집을 떠나 네 외할머니가 있는 곳으로 돌아가는 편이 가장 낫겠다. 그렇게 판단했어.

네 아빠는 직장이 있지. 넌 학교를 다녀야 하고. 엄마의 병은 앞으로 점점 악화할 뿐이니까 너와 아빠의 짐이 될 수는 없었어. 혼자 센다이로 돌아가자. 그것이 우리 가족 모두에게 가장 나은 선택이었어.

네 아빠에게도 네게도 아무 말 않고 집을 떠나서 미안해. 병에

---

[*] 도호쿠 대학은 미야기현 센다이시에 있는 국립 종합대학이다.

걸렸다는 사실을 몰랐으면 했고 앞으로 엄마가 어디서 살지도 알리고 싶지 않았거든. 게다가 네 얼굴을 보면 그 집을 떠날 결심이 무너졌을 테니까.

이 편지를 쓰는 지금도 머리가 멍하고 손에 힘이 들어가지 않아. 네가 열여섯 살이 되어 이 편지를 읽을 때 엄마는 도대체 어떤 상태일까 상상도 할 수 없어. 움직이지 못할지도 몰라. 아니, 어쩌면 이미 이 세상에 없을지도 모르지. 그래서 지금, 미래의 네게 마지막 힘을 다해 이 편지를 준비하는 거란다.

내 몸이 더 안 좋아지기 전에. 내 정신이, 기억이 전부 사라져 버리기 전에. 그리고 내 생명이 다하기 전에.

네게 말해두고 싶었어.

와온. 미안해. 토와를 날려 보낸 사람은 엄마야.

왜인지 속이 터질 것만 같았거든. 울지 않는 토와를 새장 밖으로 놓아주고 싶었어. 그래서는 안 된다는 것은 알았어. 하지만 그러고 말았지.

미안, 정말 미안해, 와온.

정말 나쁜 엄마였어.

하지만 엄마는 와온을 사랑했단다. 정말로 진심으로 사랑했어.

엄마의 단 하나뿐인 꿈, 들어주겠니?

바로 미래의 네가 첼로를 다시 연주하는 거야.

그 꿈을, 이 편지에 담을게.

부디 네가 연주하고 있기를. 내 목숨이 허락한다면 그 연주를 들을 수 있기를.

그것이, 그것만이, 단 하나뿐인 소원이란다.

엄마가

14

4년 전 어머니가 열여섯 살 와온에게 쓴 편지.

방 침대에 교복 차림으로 앉아 몇 번이고 수없이 반복해 읽었다.

처음에는 무슨 말인지 이해할 수 없었다. 엄마가 도대체 무엇을 딸에게 전하려는 것일까. 왜 4년 전에 편지를 써야만 했을까.

프라이온병?

원인을 알 수 없는 불치병?

아빠와 내게 병을 숨기고 떠났다고?

이게 다 무슨 소리야? 하나도 모르겠어.

편지를 읽는 동안 심장 박동이 속절없이 빨라졌다. 심장은 점점 거대한 파도로 변해 와온을 집어삼켜 버릴 듯했다.

네가 열여섯 살이 되어 이 편지를 읽을 때 엄마는 도대체 어떤 상태일까 상상도 할 수 없어. 움직이지 못할지도 몰라. 아니, 어쩌면 이미 이 세상에 없을지도 모르지.

이 문장들이 날카롭게 찔러왔다.

움직이지 못할 수도 있다고?

어쩌면 이미 이 세상에 없을지도 모른다니……?

"거짓말……."

와온은 떨리는 목소리로 중얼거렸다.

엄마가 더는 이 세상에 없을지도 모른다니.

와온을 두고 이 집을 떠나 버린 뒤 줄곧 어머니가 더는 이 세상 어디에도 존재하지 않는 것 같다고 반항하는 심정으로 불평했다. 그러면서도 마음 한구석에서는 행복했으면 좋겠다, 건강했으면 좋겠다고 바랐다.

나도 엄마에게 지지 않을 만큼 행복해지자.

언젠가, 어디선가, 다시 만났을 때, 행복하게 지내서 다행이라며 서로 웃을 수 있도록.

의식하지 않았지만 마음 한구석으로 그런 생각을 했다. 그런데…….

엄마가 정말로 더 이상 이 세상 어디에도 존재하지 않을지도 모른다.

그렇게 생각한 순간 등골이 오싹해졌다.

가야 해. 순간 와온은 생각했다.

가야만 해. 엄마를 만나러.

엄마는 센다이의 외할머니댁에 있다. 아직 살아 있는지 그렇지 않은지 확인하러 가야 한다.

벌떡 일어나 여행용 보스턴백을 옷장에서 꺼내 무섭게 옷을 담기 시작했다. 지갑과 지하철 정기권과 아이팟, 그리고 편지를 가방에 집어넣고 코트를 입고 방문을 열어젖혔다.

정신없이 계단을 뛰어 내려갔다. 머릿속이 텅 비었다. 그저 가야 해, 가야 해, 라는 목소리만 시끄럽게 울렸다.

"잠깐. 아무 말도 없이 어딜 가는 거니?"

신발을 신고 문손잡이를 잡은 순간, 뒤에서 목소리가 울렸다. 와온은 그 자리에서 굳었다.

뒤를 돌아보니 마유미가 서 있었다. 떡 버티고 섰다는 표현이 딱 들어맞는 모습으로.

순간, 와온은 두려움에 못 박힌 듯 섰지만 곧바로 "너무해요"라며 분노에 떨리는 목소리로 말했다.

"엄마가 병에 걸렸다는 거…… 알았죠? 왜 그런 중요한 이야기를 지금까지 안 해준 거예요?"

그래. 이 사람이 더 빨리 엄마의 병에 대해 알려줬다면.

엄마가 '사라지기' 전에 만나러 갈 수 있었을지도 모른다.

그런 생각이 들자마자 엄청난 감정이 한꺼번에 덮쳐왔다. 분하고 화가 치밀어서 몸이 폭발해 버릴 것 같았다.

더는 단 한 순간도 이 사람과 함께 있고 싶지 않아.

꼴도 보기 싫어.

가슴속에 휘몰아치는 거센 폭풍을 견디지 못한 와온은 고함을 질렀다.

"우리 엄마 돌려내! 꼭 다시 만나고 싶었는데, 언젠간 만날 줄 알았는데……, 만날 수 없게 되기 전에 만나러 가려는데!"

들고 있던 보스턴백을 자신도 모르게 마유미를 향해 던졌다. 마유미는 "읏싸"하고 소리 내며 훌륭히 받아냈다. 와온은 어깨를 들썩이며 씩씩거렸다.

"지금 그걸 받아내면 어떡해요!"

"반사 신경이 뛰어나서."

마유미가 쓸쓸하게 웃었다. 그리고 보스턴백을 발밑에 놓으며 말했다.

"그런데 네 기분은 이해해. 이해는 하는데 진정하렴. ……엄마는 분명히 살아계시니까."

뭐라고?

와온은 눈을 동그랗게 뜨고 마유미를 쳐다봤다. 마유미가 작게 한숨을 내쉬었다.

"몸은 못 움직이지만 말이야. 병상에 누워만 있고 의식은 있

지만 인지력이 떨어지고 있어. 치매 비슷한 증상을 보이는 듯
해."

어머니가 살아 계신다는 사실을 듣자 와온의 가슴에 순간 놀
라움과 기쁨이 터졌다. 그러나 어머니의 상태를 듣고는 금세
핏기가 가셨다.

"이리로 와 볼래?"

마유미가 현관 턱에 걸터앉았다. 다리가 뻣뻣해져 움직일
수 없는 와온의 얼굴을 올려다보며 살포시 미소 지었다.

"무엇이든 솔직하게 말할 테니까."

와온이 고개를 떨궜다. 마유미의 눈을 차마 쳐다볼 수 없었
다. 진실을 듣는다는 것이 더는 견딜 수 없이 두려웠다. 고개
를 숙인 와온의 귀에 마유미의 조용한 음성이 들려왔다.

"와온이 열여섯 살이 되면 모든 사실을 솔직하게 알려줬으면
해. 그렇게 약속했어. 토키에 씨와 나의, '여자들만의 약속'."

와온이 살며시 눈을 들어 마유미를 바라봤다. 온화한 눈동
자가 그곳에 있었다.

신발을 신은 채 와온은 잠자코 마유미의 옆에 앉았다. 언젠
가 전철 안에서 나란히 앉았을 때처럼 조금 거리를 두고.

"토키에 씨가 오케스트라를 그만두고 내가 입단한 후에도 우
리는 가끔 만났어. 나는 토키에 씨에게 첼로에 대한 조언을 얻
었지. 연주 녹음 CD를 들고 가 들려주거나 이따금 토키에 씨

176

가 일본국제교향악단 연주회에도 와서 대기실에 들러 감상을 말해주거나. 함께 연주하고 싶다는 꿈을 이루지는 못했지만 동경하는 첼리스트에게 직접 조언을 얻는다니 정말 꿈만 같았어."

얼마 지나지 않아 토키에가 마유미에게 털어놓았다. 원인을 알 수 없는 불치병에 걸렸고 이제 첼로를 연주할 수 없는 것은 물론 머지않아 인지장애가 올 것이고 그리 오래 살지 못하리라는 사실을. 그 순간이 가까워지면 남편과 딸과 헤어져 친정으로 가 치료에 전념할 생각이라고…….

마유미는 충격을 받았다. 토키에를 홀로 보내다니 말도 안 되는 일이었다. 소이치로와도 의논하고 가족과 친구의 도움을 받아 치료해야 한다고 필사적으로 설득했다. 물론 자신도 온 힘을 다해 돕겠다고.

그러나 토키에는 여린 미소를 지으며 고개를 저었다.

병세가 점점 악화하면 언젠가는 남편과 딸도, 그리고 내가 누군지도 모르게 되고 말 거야. 그런 상황에 처한 가정을 짊어지고 남편이 계속 지휘봉을 잡을 수 있을 것 같아?

그 사람에게는 말이야, 음악밖에 없어. 그 사람에게 음악은 목숨이나 다름없는 소중한 존재야.

나는 그것을 지키고 싶어. 나는 그러지 못했지만, 그 사람은 분명 훨씬 더 앞으로 나아갈 수 있어. 언젠가 세계로 날개를 뻗어 나갈 수 있을 거야.

그리고 내 딸도.

딸 와온은 첼로를 포기했어. 내 교육 방식이 잘못이었나 봐. 그 점은 후회가 막심해.

하지만 그 아이는 앞날이 창창해. 언젠가 때가 되면 반드시 자신의 미래를 스스로 선택해 나아가리라 믿어. 그게 음악이든 아니든 그 아이에게 가장 좋은 선택을 하리라 믿어.

그리고 당신도 말이야, 마유미.

당신 첼로는 한참 더 성장할 거야. 치매에 걸린 어머님 일은 힘들겠지만, 첼로를 들려드릴 때 가장 행복해 보이신다고 했지? 당신이 첼로를 계속 연주하는 한 분명 어머님도 행복하실 거야. 살아 있다는 기쁨을 느끼실 거야.

각자가 저마다 열심히 음악과 마주하며 행복했으면 해.

모두가 행복하면 나도 행복할 테니까.

저기, 마유미. 울지 마. 난 괜찮아.

그렇게 얼마 지나지 않아 토키에는 가족의 곁을 떠났다.

병에 대해서는 마유미 외에는 누구에게도 털어놓지 않았다. 마유미는 토키에가 센다이로 떠난 뒤에도 문자와 편지를 주고받았다. 소이치로가 어떻게 지내는지, 오케스트라는 어떤지, 부지런히 전했는데 진정으로 가장 알고 싶은 소식은 딸의 이야기겠지 하고 늘 가슴 아파했다. 그녀의 딸과 서로 아는 사이가 되어 토키에에게 소식을 전해 줄 수 있다면…….

"그러던 어느 날이었어. ……우리 어머니가 돌아가셨지."

초로기치매를 겪으며 요양시설에 입원했던 마유미의 어머니.

마유미가 명문 오케스트라에 입단해 활약하고 있다는 사실도 인지할 수 없게 됐다. 심지어 마유미가 누구인지조차도.

다만 첼로 연주를 듣고 있을 때 뺨에 홍조가 돌면서 황홀하고 행복한 표정을 지었다. 그래서 마유미는 요양시설에 갈 때마다 CD로 파블로 카잘스의 첼로 연주를 들려주거나 자신의 연주를 들려줬다. 시설에서 연주회를 열기도 했다. "따님이 멋지네요"라는 말을 듣자 어머니는 방긋 웃었다.

어머니가 급서했을 때, 마유미는 공연 투어를 하느라 지방에 있었다. 황망한 마음을 숨기고 어머니의 부고를 단원들 누구에게도 알리지 않은 채 연주에 임했다. 머나먼 길을 떠나는 어머니에게 바치는 연주라는 마음으로.

연주 내내 어머니와의 이런저런 추억이 되살아났다. 그와 동시에 토키에가 떠올랐다. 어머니와 스승, 인생에서 가장 소중한 두 사람을 머지않아 잃을 운명에 처한 자신……

마유미가 연주에 집중하지 못한다는 사실을 소이치로가 눈치채지 못했을 리 없었다. 연주회가 끝난 뒤, 소이치로는 단원들이 모두 있는 자리에서 갑자기 마유미의 뺨을 때렸다. 마유미는 묵묵히 받아들였다.

투어는 계속됐다. 마유미는 다음 날이 되어서야 소이치로와

179

투어 매니저에게 어머니의 부고를 알리고 홀로 영결식에 참석했다. 어머니에게 보내는 곡으로 망설임 없이 카잘스의 '새의 노래'를 택했다.

어머니의 제단에 놓인 일본국제교향악단에서 보내온 하얀 백합꽃이 유달리 향기로웠다.

"그러고 나서 마음먹은 대로 연주할 수 없었어. 어머니와 토키에 씨를 위해서라도 열심히 하자, 어떻게든 잘 연주해야 해, 라고 생각할수록 손가락이 뜻대로 움직이지 않았어. 소 씨의 요구대로 조금도 연주하지 못했지. 이대로라면 오케스트라 전체에 악영향을 끼친다며 꽤나 혼났어."

뭐, 그 이후에도 여러 가지 사정이 있어서, 라며 마유미는 조금 쓸쓸하게 웃었다.

"정말로, 이런저런, 여러 가지 사정이 있어서…… 그 부분은 생략하겠지만…… 결국 그만뒀어. 오케스트라를."

일본국제교향악단을 그만둔 뒤 앞으로 어떻게 해야 하나 결론을 내지 못하고 괴로워하는데 클래식 잡지에 칼럼을 기고하고 있던 인연으로 운 좋게도 음악 기고가의 길로 들어섰다.

그러는 사이에도 토키에의 증세는 더욱 심해졌다. 문자는 계속 주고받아서, 어머니의 타계 소식이나 오케스트라를 그만둔 일을 되도록 담백하게 전했다. 쓸데없는 걱정을 끼치고 싶지 않았기 때문이다.

그러나 일본국제교향악단을 그만둔 소식을 전할 때는 몹시 괴로웠다. 전하지 않는 편이 나을까 생각하기도 했다. 어쨌든 토키에의 후임으로 입단해 토키에도 마유미의 앞날에 기대가 컸기 때문이다. 그만두었다고 말하면 분명 실망하리라.

그래도 마유미는 과감하게 전했다. 자신의 병과 남은 시간 등 모든 사실을 알려준 사람이다. 토키에에게만은 거짓말을 할 수 없다. 마유미에게는 소중한 첼로 스승, 아니, 인생의 스승이니까.

고심하며 거듭 생각하면서 글을 고친 끝에 결국 '이런저런 사정이 생겨 오케스트라를 그만뒀습니다'라고 상당히 생략한 감이 있는 문자를 보냈다.

그에 대한 토키에의 답장은 이랬다.

인생에는 이런저런 일이 있는 법이지. 오케스트라가 전부는 아니야. 새로 걷기 시작한 길이 무엇이든 마유미가 지금까지 걸어온 길보다 더 밝게 빛나는 길이 되기를 바랄게.

"그 문자를 읽고는 아아! 하고 울컥해 하늘을 올려다봤어. 토키에 씨, 어쩜 이렇게 속이 깊을까. 어쩜 이렇게 그릇이 클까. 어쩜 이렇게 다정할까, 하면서. 내 인생에 이 사람이 있어서 정말로 다행이다. 그렇게 생각했지."

그 후, 토키에가 보낸 편지를 받았다. 마유미에게 보낸 편지와 '와온에게'라고 적힌 편지가 함께였다.

결국 몸을 점점 움직일 수 없는 상태가 돼서 아직 손가락이 움직일 때 딸에게 편지를 썼어. 4년 후, 와온이 열여섯 살 생일을 맞이하면 직접 건네주든가 우편으로 보내주길 바라…… 라고 마유미 앞으로 보낸 편지에 적혀 있었다.

그때까지는 소이치로에게도 딸에게도 내 병에 대해서는 절대로 말하면 안 돼. '여자들만의 약속'이야.

"그날이 오늘……."

와온은 혼잣말처럼 중얼거렸다. 마유미는 조용히 고개를 끄덕였다.

"그 뒤로도 뭐, 정말 많은 일이 있어서. 지금 내가 이렇게 네 옆에 앉아 있다는 말씀."

올여름까지만 해도 마유미와 토키에는 문자를 계속 주고받았다. 하지만 여름이 끝날 무렵, 갑자기 답장이 끊겼다.

절대 만나러 오지 마, 변해 버린 모습을 보이고 싶지 않으니까. 토키에가 마유미의 병문안을 계속 거절했지만 결국 마유미는 토키에의 안부를 확인하러 센다이로 떠났다. 그곳에서 5년 만에 두 사람은 재회했다.

토키에는 이제 거의 말할 수도 웃을 수도 없었다.

토키에의 어머니도 일흔다섯 살의 고령이라서 집에서 간호하기 어려웠기에 지금은 병원에 입원한 상태였다. 그래도 어머니는 힘이 닿는 데까지 매일 병원을 방문하며 낮에는 딸의 곁에서 시간을 보냈다. 어머니와 딸은 그런 나날을 보내고 있었다. 마치 자신과 어머니가 처했던 상황이 뒤바뀐 모습에 마유미의 눈시울이 뜨거워졌다.

마유미가 말을 걸자 토키에가 희미하게 반응했지만 누가 말을 거는지는 인식하지 못하는 상태였다. 자신이 누구이고 어디에 있고 왜 줄곧 침대에 누워 있는지도 더는 인지하지 못하게 되고 말았다.

토키에의 어머니가 마유미에게 말했다. 딸이 마유미 씨에게 보내려고 쓰던 문자가 남아 있다고. 그러고는 토키에의 휴대폰을 꺼내 '저장된 문자' 화면을 보여 줬다.

그 화면에는 단 한마디……

와온을 부탁해.

그렇게 적혀 있었다.

"그래서 결심했어. '여자들만의 약속'을 깨겠다고."

마유미가 조금 목멘 소리로 말했다. 와온은 흘러넘치는 눈물을 참으며 마유미를 바라봤다. 마유미의 물기 어린 눈이 와온을 향했다.

"미안. 네게 거짓말을 했어. ……소 씨와 나는 결혼 따위 하지 않았어."

와온의 눈이 휘둥그레졌다. 마유미는 미안하다며 다시 사과했다.

보스턴 교향악단 음악감독 취임이 정해진 소이치로에게 마유미는 토키에의 이야기를 전부 털어놓았다. 그리고 제안했다.

소 씨가 보스턴에 가 있는 동안만이라도 좋아요.

제가 따님의 엄마가 될 수 있게 해 주세요, 라고.

15

여러 가지 일이 한꺼번에 밝혀진 열여섯 살 생일이 지나고 다음 날 아침.

학교까지 어떻게 왔는지 기억도 나지 않았다.

멍하니 책상에 턱을 괴고 앉아 창밖을 물끄러미 바라봤다. 푸릇한 가을하늘이 학교 건물 너머로 써늘하게 펼쳐져 있다.

어머니의 편지와 마유미의 고백. 충격적인 사실을 이해하려고 와온은 머리를 열심히 굴렸다. 그런데 너무 굴려서 멈춰 버린 모양이다. 오늘 아침 이후로는 더는 생각하기를 그만뒀다.

도대체 무슨 소리야.

엄마도 그 사람도. 나를 생각해서 그런 건지는 몰라도. 결국 나를 완전히 버리고 간 거잖아.

아빠와 내게 짐을 지우기 싫다며 병을 숨기고 떠나버린 엄마.

엄마를 안심시키려고, 나를 혼자 두지 않으려고 아빠에게 '위장 결혼'을 제안한 마유미 씨.

그게 뭐야. 나 혼자만 아무것도 모르고 실실 웃으며 살았던 거야?

다들 너무하네. 나를 위해서라며 거짓말하면서 아무렇지도 않았어?

그게 어른들의 규칙이야?

정신을 차리고 보니 외톨이가 된 기분이었다. 아빠도 엄마도 마유미도 결국 나를 부스럼처럼 취급하며 계속 거짓말을 한 것이다. 더는 누구를 믿어야 할지 모르겠다.

"왜 그래? 엄청 기운이 없는데?"

점심시간, 아야토가 말을 걸었다. 주리도 와온 옆에서 얼굴을 들여다보며 물었다.

"어디 아파? 혹시 어제 파티에서 너무 먹어서 그런 거 아냐?"

와온은 커다란 한숨을 길게 내쉬었다.

"딱히. 아무것도 아니야."

"아, 알겠다! 열여섯 살이 됐으니 갑자기 어른이 돼서 얌전해진 거지?"

주리가 농담조로 말했다. 확실히 오늘 와온이 열여섯 살이 된 후 맞이하는 첫날이다. 하지만 그렇게나 빨리 어른이 되지는 않는다.

"그 반대야. 쉽게 어른이 될 수 없다고나 할까, 어른들의 규칙을 모르겠달까."

와온이 말했다.

아야토와 주리는 서로 마주 봤다. 와온은 두 손으로 턱을 괸 채로 허공을 바라봤다.

"마유미 씨와 무슨 일 있었어?"

아야토가 단번에 알아맞혔다. 와온의 가슴이 덜컹했다.

어제 마유미의 고백을 두 사람에게 털어놓으면 어머니의 일이나 위장 결혼까지 전부 이야기해야 한다. 마유미가 거짓말을 했다고 말하면 아야토와 주리는 어떻게 받아들일까. 최근 마유미와 마음을 나누기 시작한 아야토와 주리를 실망시키고 싶지 않았다.

무엇보다 어머니의 불치병. 갑자기 드러난 지나치게 무거운 현실을 자신과 동갑인 열여섯 살 친구들에게 어떻게 설명해야 좋을지 몰랐다.

"딱히 별일 없었어."

와온이 다시 대답했다.

"귀찮아하는 것 같은데?"

주리가 끈질기게 물고 늘어졌다.

"왠지 하고 싶은 말이 있는데 말하기 귀찮아하는 느낌?"

"귀찮은 거 아니야. 그냥 어떡해야 좋은지 모르겠을 뿐이야."

와온은 그대로 입을 다물었다. 아야토와 주리도 아무 말 하지 않았다.

세 사람 주변에서는 반 아이들이 시끌벅적하게 점심을 먹기 시작했다.

"잠깐, 밖으로 나갈래? 배도 고프고……, 하고 싶은 이야기도 있고."

아야토가 아무렇지 않은 말투로 말했다.

"어제도 잠깐 말했지만…… 나, 다음 주부터 피아노 레슨을 받게 될 것 같아. 오늘 학교 끝나고 교수님이랑 면접 보거든. 너무 긴장돼서 잠깐 이야기 좀 들어줬으면 해."

"웃샤, 들어줄게. 가자, 가자."

주리가 기세 좋게 대답하며 와온의 손을 잡아끌었다. 와온은 끌려가다시피 두 사람과 함께 학교 안뜰로 나갔다.

와온과 주리는 누런 잔디가 깔린 안뜰 벤치에 앉았다. 아야토는 두 사람 앞에 서서,

"뭐 좀 사올게. 샌드위치 괜찮아?"

와온은 고개를 저었다.

"고마워…… 그런데 입맛이 없어. 둘이서 먹어."

주리는 팔짱을 끼고 불만스러운 목소리로 말했다.

"와온답지 않은데? 머리 싸매고 고민하고 말이야. 뭘 숨기

는 거야?"

"마유미 씨도 알아?"

아야토가 느닷없이 물었다. 당황한 와온이 되물었다.

"아냐니, 뭘?"

"무슨 일인지는 모르지만 와온이 끙끙거리며 고민하는 거 말이야."

알다마다, 그 사람이 고민의 씨앗을 심은 사람인데. 그러나 와온은 말하지 않고 그저 한숨만 쉬었다.

아야토는 두 손을 주머니에 넣고 와온을 지켜보다가 말했다.

"기분이 안 좋으면 이야기하는 게 어때? 우리가 다 받아줄 테니까."

와온이 고개를 들어 아야토를 바라봤다. 아야토가 히죽 웃으며 말을 이었다.

"나도 요즘 혼자서 끙끙됐잖아. 진로 고민 때문에. 피아노를 치고 싶다고 하면 엄마 아빠가 어떻게 반응할까, 그보다 우리 집은 부자도 아니고, 음대에 보내줄 만큼 여유롭지도 않은데. 하지만 피아노가 치고 싶어서 도무지 손이 근질근질해져서 말이지."

갈팡질팡하는 마음을 풀고 싶어도 부모님께 털어놓지 못하고 친구들에게도 말하지 못해 답답해 견딜 수 없었다. 그러다가 문득 떠올라 마유미에게 문자를 보냈다.

아무래도 피아노를 계속 치고 싶어서 좀이 쑤시는데요. 저희 집은 음대에 보내줄 정도로 부자도 아니고, 부모님께 부담을 드리는 게 아닌가 싶어서요.

그러자 곧바로 답장이 왔다.

부모님은 네 생각처럼 작은 분들이 아닐 거야. 네 아버지와 어머니는 훌륭한 어른이서. '어른'이라는 말은 '큰 사람'이라는 뜻이야.

진심으로 하고 싶은 일이 있다면 망설이지 말고 도전해. 그게 크면 클수록, 어려우면 어려울수록 부모는 기뻐할 거야. 왜냐면 부모는 너보다 훨씬 '큰 사람'이니까.

"그 문자를 읽었을 때…… 아, 나 진짜 소심하구나! 깨달았어. 왜 부모님을 믿지 못했는지 부끄러워졌어. 곧바로 부모님께 전부 이야기했어. 엄마 아빠한테는 정말 부담이 될지 모르지만 나는 역시 음대에 가고 싶다고. 진지하게 피아노를 쳐보고 싶다고. 그랬더니……."

아야토의 아버지는 고개를 크게 한 번 끄덕였다. 그리고 말했다. 네가 그 말을 꺼내기만은 줄곧 기다렸다고.

"우와…… 아버지, 엄청 멋지신데?"

주리가 뺨에 홍조를 띠고 말했다. 그리고 머뭇거리며 중얼거렸다.

"나도 부모님께 말해볼까. 음악 매니지먼트 전문학교에 가고 싶다고. 결심은 했는데 아직 말씀은 안 드려서……."

"뭘 꾸물거리는 거야, 빨리 말씀드려!"

아야토가 주리의 어깨를 토닥였다.

"주리의 엄마 아빠도 '큰 사람'이시니까. ……마유미 씨도."

거기까지 말한 아야토가 와온을 향해 고개를 돌렸다.

"마유미 씨도 엄청나게 큰 사람이야. '어른'이 아니라 '큰 어른'이라고 부르고 싶을 정도로."

'큰 어른'이라는 말을 들은 와온은 자신도 모르게 웃음이 터졌다. 주리도 "그게 뭐야, 완전 웃겨"라며 손뼉을 치며 웃었다. 아야토도 덩달아 웃었다.

큰 사람.

안다. 그 사람은, 마유미 씨는, 상상할 수 없을 정도로 큰 사람이다.

그리고 마유미 씨를 계속 격려했던 엄마도…….

그 사실을 알기에 오히려 더 괴롭고 고통스러운 마음에 짓눌렸다.

큰 사람들, 와온 몰래 빛을 던져 준 사람들이 와온에게서 빠르게 멀어져 간다. 그 사실이 견딜 수 없을 정도로 슬펐다.

불치병을 앓아 급기야 자신이 누군지도 인지하지 못하게 된 어머니, 토키에. 머지않아 하늘나라로 떠날지도 모른다.

그리고 실은 '와온의 어머니'가 아니었던 마유미. 토키에를 위해 와온의 '어머니' 노릇을 하겠다고 아버지에게 제안했다. 그러니까 마유미는 와온과는 정말로 '생판 남'이었다.

결국 나는 외톨이야.

무엇을 하고 싶어도, 무언가를 하려고 해도 의논할 사람이 없어.

의논할 수 있는 '엄마'는 어디에도 없어.

떠들썩하게 웃는 친구들을 바라보는 동안 느닷없이 눈물이 차올랐다. 와온이 고개를 숙이는 모습을 본 아야토가 말을 걸었다.

"와온? ……왜 그래?"

와온은 스웨터 소매로 쓱쓱 눈을 비비며 숨을 내쉬었다.

"나한테는, 아무도 없어. ……이제 아무도."

나, 꼬였구나. 다정하고 마음 넓은 부모님이라는 존재가 당연할 정도의 복을 타고난 친구들. 부러워서 견딜 수 없었다.

커다란 집도, 가사도우미도, 넉넉한 용돈도, 풍성한 꽃다발도 선물도, 전부 필요 없다.

언제라도 진로 상담을 할 수 있는 아버지. 저녁 식사로 돈가스를 튀겨주는 수다스러운 어머니. 자신에게도 아야토와 주리처럼 따뜻한 가족이 있다면 얼마나 좋을까.

언젠가 다시 만날 수 있으리라 마음속으로 믿었던 어머니.

게으르고 얄밉지만 항상 유쾌하고 가슴이 후련해질 정도로 멋진 마유미.

'어머니' 두 사람을 어제 한꺼번에 잃었다.

그 사실이 이렇게나 슬플 줄이야…….

와온은 띄엄띄엄 어젯밤 이야기를 두 사람에게 털어놓았다. 어머니의 불치병. 어머니의 병세를 걱정하는 마유미가 소이치로에게, 보스턴으로 떠난 뒤 혼자 남겨질 딸을 돌보겠다며 위장 결혼을 제안한 일.

그리고 마유미가 전해준 어머니의 편지. 편지에 적혀 있던 마지막 글.

엄마의 단 하나뿐인 꿈, 들어주겠니?

바로 미래의 네가 첼로를 다시 연주하는 거야.

그 꿈을, 이 편지에 담을게.

부디 네가 연주하고 있기를. 내 목숨이 허락한다면 그 연주를 들을 수 있기를.

그것이, 그것만이, 단 하나뿐인 소원이란다.

두 친구는 그저 묵묵히 와온의 이야기를 들어줬다. 모든 이야기가 끝나고 나서도 가만히 조용하게 있다가 "……그랬구나" 하고 입을 연 사람은 아야토였다.

"그래서 와온은 어떻게 하고 싶어?"

와온이 고개를 들어 놀란 눈빛으로 아야토를 바라봤다. 뜻밖의 말이었기 때문이다.

무의식중에 큰일이구나, 라거나 힘내 같은 위로의 말을 기대했다. 그런데 아야토는 맥이 빠질 정도로 시원시원하게 말했다.

"끙끙거릴 여유 따위 없잖아? 지금 들은 이야기 중에서 가장 중요한 사실은…… 어머니께 시간이 얼마 남지 않았다는 것이잖아. 마유미 씨는 무엇보다 그 사실을 가장 와온에게 알리고 싶었던 거 아닐까? 그래서 굳이 모든 사실을 털어놓았겠지. 현실을 받아들이고 지금 당장 무엇을 해야 할지…… 와온, 생각해봤어?"

아차 싶었다.

어머니가 곧 돌아가신다. 마유미마저도 먼 존재가 되어버렸다. 그 사실에 충격을 받아 가장 중요한 사실을 깨닫지 못했다.

냉혹한 현실을 마유미가 왜, 지금, 굳이 털어놓았을까.

와온이 깨닫기를 바랐던 것이다. 무엇을 해야 하는지.

지금 무엇을 해야 할까. 무엇을 해야 어머니가 기뻐할까. 마유미가 고개를 끄덕여 줄까.

그리고 무엇보다 나는 무엇을 하고 싶을까…….

"첼로……."

차가운 가을바람에 꺼져버릴 듯한 목소리로 와온은 중얼거렸다. 아야토와 주리는 말없이 계속 와온을 바라봤다.

문득 마음을 스치고 지나가는 첼로 소리. 마음속 깊이 스며드는 아름다운 바람 소리. 어릴 적 어머니를 기쁘게 해드리려고 열심히 연주했던 선율.

바람 사이로 마유미의 목소리가 들려왔다. 어린 시절 추억을 이야기해 준 조금은 쓸쓸한, 하지만 올곧은 목소리가.

그래서 나는 그저 어머니가 날 돌아봐 주길 바라며 열심히 첼로를 연주했어.

그래, 어머니와 나를 이어주는 것은 첼로뿐이라며.

와온은 흔들리는 눈을 들어 아야토와 주리를 바라봤다. 와온의 말을 기다리는 두 친구의 눈이 반짝반짝 빛났다.

와온은 천천히 일어났다. 그리고 조용하지만 열띤 목소리로 두 사람에게 선언했다.

"나, 다시…… 연주하고 싶어."

연주해 볼래. ……아니, 아니야. 반드시 연주해 보일 거야. ……첼로를!

16

그날 밤, 와온은 마유미에게 들키지 않도록 몰래 아버지의 연습실로 숨어들었다.

그랜드 피아노와 거대한 스피커에 내몰린 듯한 모습으로 첼로 케이스가 방 한구석에 숨을 죽이고 누워 있었다. 그 케이스에 어머니가 놓고 떠난 연습용 첼로가 들어 있다. 살며시 다가가 케이스 옆에 무릎을 꿇었다. 조금 전부터 심장이 계속 쿵쾅쿵쾅 뛰었다.

찰칵, 찰칵하고 쇠 잠금장치를 풀어 뚜껑을 열었다. 윤기가 흐르는 적갈색 첼로가 모습을 드러냈다.

두 손을 뻗어 첼로 목을 만졌다. 그대로 꽉 힘을 주어 들어올렸다. 깜짝 놀랄 정도로 가벼웠다.

이렇게 가벼웠나? 어렸을 적에는 묵직한 무게가 몸을 짓누르는 것처럼 느껴졌는데.

악기를 세우고 의자에 앉았다. 그대로 싸늘한 첼로 바디를 조용히 품에 안았다.

아아, 반가워. 이 감촉.

눈을 감고 조용히 호흡하며 와온은 악기에게 마음속으로 말을 걸었다. 옛 친구를 다시 만난 듯 따뜻한 애정으로 가슴을 가득 채우면서.

오랜만이야, 잘 지냈어? 미안해, 오랫동안 못 만나서.

열 살 때 첼로를 포기한 뒤 한 번도 첼로를 만진 적이 없다. 만지기는커녕 케이스 뚜껑조차 열 수 없었다. 어머니가 놓고 떠난 이 첼로를 보면 마치 이 집에 홀로 남겨진 자신을 보는 것만 같아 견딜 수 없이 외로웠기 때문이다.

고집불통에 강한 척하던 소녀 와온은 기억 속에서 어머니를 멀리하고 싶어서 그 자체로 어머니와 연결된 이 아름다운 악기를 자신에게서 멀리했다.

악기뿐만이 아니다. 사랑했던 바흐도, 생상스도, 카잘스도, 요요마도, 클래식 첼로의 모든 곡을 듣지 않았다.

그 대신 들었던 음악은 J-POP과 외국 팝 음악, 되도록 활기찬 곡. 그러면서도 반주에 조금이라도 첼로 선율이 섞일라치면 무의식중에 그 음만 쫓았다.

혼잡한 전철 안에서 아주 가끔 첼로 케이스를 메고 씨름하는 사람이 눈에 띄면 그 사람이 플랫폼에 내릴 때까지 뒷모습에서 시선을 떼지 못했다.

잊을 작정이었다. 자신의 인생에서 두 번 다시 손에 대지 않겠다고 맹세도 했다. 그것이 자신을 두고 떠난 어머니를 향한 복수처럼 여겨지던 시기도 있었다.

지금, 이렇게 다시 첼로를 두 팔로 안은 순간 와온은 분명히 깨달았다.

나, 계속 갈구했구나, 첼로를.

와온의 손가락은, 귀는, 마음은 언제나 계속 갈구했다. 깊고 부드러운, 때로는 강하고 우아한 마음에 스며드는 소리. 첼로 의 선율을.

하지만 그 사실을 순순히 인정할 만큼 와온은 어른스럽지 못 했다. 첫사랑을 일부러 외면하듯 고집스레 버티고 멀리 돌아 갔다.

마침내 지금, 다시 만났다. 그리고 이번에야말로 말할 수 있 다. 만나서 다행이라고.

활을 꺼내 조였다. 첼로 현 네 줄의 상태도 살폈다. A현, D 현, G현, C현. 6년이 지나는 사이에 전부 풀려 버렸다. 첼로 목 위 펙홀에 끼워진 펙 네 개를 돌려 조율했다. 라 레 솔 도, 라 레 솔 도…….

의자 끝에 걸터앉아 다리를 조금 벌린 후 첼로를 안았다. 바 디 밑으로 삐져나온 엔드핀을 바닥에 딱 고정했다. 왼쪽 어깨 에 첼로 목을 기대놓고 왼손을 지판 위에 올렸다. 오른손으로 활을 가볍게 잡고 A현 위에 살짝 댔다.

작게 심호흡하고 눈을 감았다. 떨리는 마음으로 천천히 활 을 그었다.

맑게 울리는 A현 소리가 와온을 묵직하게 때렸다. 잊고 살려 고 애썼던 소리, 그러나 결국 잊을 수 없던 소리. 가슴이 우릿하게 차올랐다. 하나둘 되살아나는 첼로, 그리고 엄마와의 그리운 추억이 무섭게 불어나 거대한 파도가 되어 와온을 덮쳤다.

자연스럽게 연주하기 시작한 곡은 어린 시절 반복해 배웠던 시로이다 첼로 연습곡 제1번이었다. 손가락이 얼얼하게 아파도 활을 뜻대로 움직일 수 있을 때까지 계속 연주했다. 몇 번이고, 몇 번이고. 어머니가 웃는 얼굴로 잘하네, 라고 말해줄 때까지.

"아야……, 아파. 역시 안 되네."

곡의 마지막에 이르기까지 손가락이 도저히 버티지 못했다. 손가락이 버벅대면서 현을 제대로 누르지 못했다. 와온은 한숨을 내쉬었다.

안 돼, 이런 상태로는. 도저히 한 곡도 다 연주하지 못해.

이런 상태면 분명 늦을 거야.

늦는다는 말이 떠오르자 가슴이 철렁 내려앉았다.

늦는다니, ……뭐가?

엄마가 떠나기 전까지…… 내 첼로를 들려줄 수 없다는 뜻이야?

와온은 부르르 떨며 고개를 세차게 저었다. 그러고는 손가락을 다시 지판 위에 올려놓았다.

안 돼. 약한 소리 하지 마.

겨우 다시 만났으니까. 사랑하는 첼로와.

내가 사랑하는 친구와.

내가 가장 사랑하는 엄마와.

여러 번 좌절하면서도 열심히 첼로를 켰다.

시로이다 연습곡 1번, 6번, 11번, 20번. 오랫동안 전혀 연주한 적 없었지만 와온의 손가락은 연습곡을 정확하게 기억하고 있었다. 스스로에게도 신선한 충격이었다.

아주 오래전 헤어진 사랑하는 사람. 어떤 사람들 틈에 섞여 있든 그 사람을 알아볼 수 있는 것처럼.

소꿉친구 같은 존재. 마음속으로 첼로를 그렇게 여겼다.

언제나 깊고, 따뜻하고, 조용히 마음을 울리는 존재.

아아, 그래. 소꿉친구라기보다 첼로는 마치…….

어머니, 같다.

깨달은 순간 눈물이 차올랐다. 와온은 활을 멈추고 손등으로 눈을 문질러 닦았다.

울지 말자.

첼로를 켜면서 울다니, 아직 한참은 먼 이야기야.

마유미 씨도 일본국제교향악단 입단 오디션을 볼 때 마지막 한 소절까지 울지 않았다고 했잖아.

시로이다 20번을 켜면서 울다니 너무 물러.

"왜 울어? 이제 겨우 조금 손대 놓고는."

등 뒤에서 갑자기 목소리가 들렸다. 와온은 의자에서 펄쩍 뛰어오를 뻔했다.

　돌아보자 언제부터인지 마유미가 팔짱을 끼고 서 있었다. 와온은 첼로를 안은 채 몸을 젖혔다.

　"언제부터 거기 있었어요!?"

　마유미는 싱긋 웃더니 "10분 전부터"라고 대답했다. 와온은 소름이 돋았다.

　인기척도 내지 않고. 이 사람 정말 요괴 아니야?

　"꽤 집중한 것 같네. 그건 그렇고 엄청 못 하는데."

　"엄청 못······."

　와온이 얼굴을 붉히며 곧바로 받아쳤다.

　"못 하는 게 당연하죠! 6년이나 안 켰고, 악보도 없는 데다 음정도 완벽하지 않잖아요."

　"'보잉'도 '운지'*도 엉망이고 포지션 이동도 제대로 안 되고."

　마유미가 말을 이었다.

　"시로이다 12번은 첼로를 배운 아이라면 초등학생도 켜는 곡인데?"

　오랜만에 뚜껑이 열렸다. 와온은 자리에서 일어나 첼로를 케이스에 넣고 마유미와 마주 보며 말했다.

* 현악기에서 활을 다루는 법.

** 악기를 연주할 때 손가락을 사용하는 방법.

"그냥 좀 켜봤을 뿐이에요. 첼로 같은 건 옛날 옛적에 포기했거든요."

"흐음. 그래?"

"지금도 소리를 낼 수 있을까 시험해 봤을 뿐이에요."

"아. 그래."

"잠깐…… 아주 잠깐, 이런저런…… 옛날 생각이 났을 뿐이고요."

와온은 거기까지 말하고 고개를 숙였다. 물끄러미 바라보는 마유미의 시선이 느껴졌다.

나, 어린애 같이 뭐 하는 거지?

첼로를 연주하는 모습을 마유미 씨에게 들켜서 민망했지만…….

……사실은 칭찬을 받고 싶었다.

제법 괜찮은데? 오랜만에 켜는 사람치고는. 그런 식으로 말해주려나, 하고.

"왜 또 갑자기 첼로를 켤 마음이 들었는데?"

마유미가 갑자기 핵심을 건드렸다. 와온은 선뜻 대답하지 못했다.

어젯밤 마유미에게 어머니의 병과 와온의 가짜 새엄마를 자처해 이 집에 살게 된 이야기를 들었다.

마유미는 미안하다고 사과했다. 네게 거짓말을 했다고. 마

유미의 좋은 멘토이자 지금은 친구인 토키에와 그녀의 딸 와
온을 염려해 위대한 거짓말을 했다. 그리고 소이치로와 함께
연기했다.

마유미는 무엇이든 털어놓았다. 그러나 한마디라도 "첼로를
다시 시작해 봐"라고는 권하지 않았다.

지금도 네가 언젠가 연주할 날을 기다리는 엄마를 위해서라
도 다시 첼로를 켜보렴.

그렇게 말하지는 않았다. 하지만 이상하게도 마유미의 마음
의 소리가 들려오는 기분이었다.

'딸이 열여섯 살이 되기 전까지는 남편과 딸에게 병에 대해
절대로 알리지 말라'고 강경하게 입단속 당하며 '여자들만의
약속'까지 했는데 마유미는 이 약속을 깨고 미국으로 떠나는
소이치로에게 알렸다. 그리고 열여섯 살이 된 와온에게 자초
지종을 털어놓은 이유는 단 하나.

어머니에게 첼로 연주를 들려줬으면 좋겠어.

어머니는 기다리셔. 지금도 이 순간에도 네가 연주하는 첼
로 선율을.

어머니의 편지, 마유미의 마음의 소리. 그리고 자신의 마음
이 와온이 첼로와 마주할 수 있게 한 힘이었다.

"지금이라면, 아직…… 늦지 않았을까 해서요."

와온은 나무 바닥재가 깔린 바닥으로 시선을 떨군 채 웅얼거

렸다.

"지금부터 다시 시작해 보면…… 그런데 너무 엉망이라서 시간이 걸릴지도 모르지만…… 그래도 꼭 어떻게든 시간에 맞출 수 있을까 해서……."

"그건 그래. 분명 엉망이긴 하지만 말이야."

마유미가 짓궂은 말투로 끼어들었다. 다시 불뚝했다. 고개를 든 와온은 기세 좋게 되받아쳤다.

"됐거든요. 금방 잘할 거 거든요?"

"오호? 금방이라니 어느 세월에 금방?"

"내일 아침까지 시로이다 20번을 완벽하게 연주해 보일 거예요."

흐음, 마유미가 눈을 가늘게 뜨고 와온을 응시했다.

"그걸로는 늦지. 내일 아침까지 1번부터 20번까지라면 모를까."

와온은 케이스에 넣은 첼로를 다시 꺼내 들고는 신경질적으로 의자에 다시 앉았다. 오른손으로 활을 들자마자 마유미가 "아니지"라고 목소리를 높였다.

"앉는 자세, 틀렸잖아. 좀 더 낙낙하게, 우아하게, 힘 빼고…… 이렇게 등을 세워서."

마유미가 와온의 뒤에 서서 등을 힘주어 밀고 어깨를 펴주며 자세를 교정했다. 마유미가 와온의 두 팔에 자신의 두 팔을 깃

털처럼 얹었다. 활을 잡은 오른손에 마유미의 오른손이. 지판에 얹은 왼손에 마유미의 왼손이…… 아기 새를 지키는 어미 새처럼 부드럽고 다정하게.

"다리 위치, 손 위치를 자알 기억해. 알겠어? 눈을 감고 상상해 봐. ……지금 너와 첼로는 한 몸이야. 하나가 된 거야."

귓가에 속삭이는 마유미의 목소리가 울렸다. 첼로의 서늘한 감각이 자신의 체온과 하나가 되는 것이 느껴졌다. 마유미의 말이 마치 첼로의 속삭임처럼 귓속으로 스며들었다.

첼로를 켜야겠다고 생각하면 안 돼. 첼로는 네 신체 일부니까.

지극히 자연스럽게 음을 내면 돼. 즐거우면 웃고 슬프면 울면 돼.

그날 밤 와온은 쉬지 않고 첼로를 연주했다.

그것은 마치 오랜 친구와 나눈 끊이지 않는 대화. 영원히 끝나지 않을 신나는 수다.

그 수다에 밤새도록 어울려준 사람은 마유미였다.

"엉망이야"라고도 "괜찮잖아?"라고도 하지 않았다. 아무 말도 하지 않았다. 그저 말없이 그랜드 피아노 옆에 앉아 가만히 팔짱을 끼고 들어줬다. 그리고 와온과 첼로의 오랜만의 수다를 한없이 조용하게 지켜봤다.

아빠, 메리 크리스마스.

카드와 선물, 그리고 보스턴행 비행기 e티켓 고마워요.

마유미 씨와 의논했는데 역시 겨울방학에 보스턴에 가지 않기로 했어요.

딱히 아빠와 만나기 싫어서 그런 건 아니야. 그 점은 오해 말아요. 이번 시즌 아빠의 활약 잘 챙겨 보고 있어요. TV가 아니라 유튜브로. 좋은 세상이죠? 마유미 씨는 "뭐, 마에스트로 오자와 세이지와 비교하면 아직 멀었지만"이라고 말했어요. ㅋㅋㅋ

이번 겨울방학에는 첼로 연습에 모든 것을 바치기로 결심했어요.

요전에 메일로 말했듯 열여섯 살이 됐을 때 굉장한 선물을 받았어요. 엄마와 마유미 씨에게. 그건 바로 '다시 첼로를 시작할 계기'였어요.

엄마의 병, 아빠와 마유미 씨의 결혼이 위장(!?)이었다는 사실이요. 이게 무슨 소리야!? 싶었죠. 지금까지 나만 아무것도 모르고 있었다는 것에 너무 화가 났어. 배신당한 기분도 들었고요. 누굴 믿어야 좋을지 솔직히 모르겠더라고요.

하지만 엄마나 아빠나 마유미 씨가 어째서 지금까지 그런 중대한 사실을 숨겨왔는지…… 그리고 왜 열여섯 살이 되었을 때 마유미 씨가 내게 모든 사실을 알려줬는지…… 생각하고 또 생각했어요.

그러다가 마침내 알았어. 모두 내가 스스로 깨달을 때까지 기다려줬구나 하고요.

내가 제일 하고 싶은 일이 뭔지를.

내가 지금 제일 해야 할 일이 무엇인지를.

바로 첼로를 켜는 것이라는 사실을 비로소 깨달았어요.

내가 열여섯이 되기를 기다렸다가 엄마의 편지를 전해준 것도 그런 의미가 담겨 있는 것 같아. 병에 걸린 사실을 비밀로 하고 우리 곁을 떠나 버린 엄마. 하지만 믿어 줬다는 걸 이제는 알아요. 미래의 내가 반드시 다시 첼로를 켜리라는 걸. 이제 엄마의 그 마음에 응답하고 싶어요. 되도록 빨리 익혀서 엄마에게 연주를 들려줘야지. 그게 지금 내 가장 큰 꿈이 되었어요.

이 꿈을 반 친구인 아야토와 주리에게 말했어요. 두 사람 모두 웬일인지 자기 일처럼 흥분해서는. 그래서 일이 커졌어요. 아야토는 피아노 반주를 하겠다고 나섰어요. 주리는 엄마가 입원한 병원과 협의해서 미니 콘서트를 열자고, 도대체 이게 다 무슨 일인지! 아야토는 음대에서 피아노를 전공하려고 요즘 매일 '피나는' 레슨 중. 주리는 음악 매니지먼트 전문학교에 가고 싶다며 인터넷과 책으로 업계에 대해 공부 중. 정말이지 너희들에게는 못 당하겠다며 마유미 씨도 반쯤 기막혀하면서 전부 응원하고 있어요.

그건 그렇고 마유미 씨 완전 도깨비 선생님……. 요즘 매일 첼로 연습을 봐주고 있는데 옛날에 배웠던 마키하라 선생님보다도 엄마보다도 훨씬 더 무서워! "그런 소리를 토키에 스승님에게 들려줄 작정이야!?", "네 음감은 어떻게 되어 먹은 거야!?", "그건 바흐가 아니라 바흐흑이잖아!" 등등 의미를 알 수 없는 노성이 난무해요.;;; 뭘 잘했다고, 연주 잘 못하면 저녁밥은 없어! 나뿐만 아니라 본인도 굶겠다는 거예요. 그럼 같이 굶어 죽을 테니 어떻게든 저녁을 먹을 수 있도록 노력하고 있어요!

이러니저러니 해도 리얼하게 충실한 나날을 보내고 있다고요.

그러니까 아빠와 만날 수 없는 날들이 당분간 계속될 것 같아요. 하지만 걱정 말아요. 나 열심히 하고 있으니까. 최고로 즐기고 있어요. 다음에 만날 때는 새로운 와온이 돼서 아빠에게 엉망진창인 첼로 연주를 들려주고 싶어요.

하지만 그전에 우선 엄마에게 들려주고 싶어요. ……아시죠?

또 편지 쓸게요. 건강하게 지내요. 새해 복 많이 받으세요!

와온

PS. 엄마에게 들려줄 곡은 바흐의 'G선상의 아리아'로 정했어요. 엄마가 가장 좋아하는 곡이니까.

17

겨울방학이 끝나고 성인식 사흘 연휴의 첫날. 와온의 집 현관 앞에 와온과 아야토와 주리가 모였다.

주리는 붉은 더플 코트에 하얀 니트 모자를 썼다. 기분 탓인지 긴장한 기색이 느껴졌다.

"애들아, 나 너무 화려해? 이렇게 입어도 괜찮으려나?"

신발장 옆에 있는 거울을 연신 들여다봤다. 와온과 아야토는 얼굴을 마주 보고 키득키득 웃었다.

"주리, 무슨 첫 데이트라도 가는 사람 같아."

와온이 말하자,

"시끄러워! 병원 사무국장님을 놀라게 하면 큰일이니까 그러지!"

주리가 붉어진 얼굴로 대꾸했다.

"그럼 처음부터 얌전하게 교복을 입고 왔으면 됐잖아."

아야토가 말했다.

"하지만 모처럼 마유미 씨와 둘이서 나가니까 힘 좀 주고 싶었는걸."

주리의 변명에 와온의 얼굴에 절로 웃음이 피었다.

"오래 기다렸지. 자, 주리, 어서 가자. 신칸센 놓치겠어."

마유미가 수선스럽게 등장했다. 부츠에 발을 꿰면서 와온을 돌아봤다.

"오늘 밤에는 도쿄로 돌아와 주리를 집에 바래다주고 올 테니 늦을 거야. 너희 둘이서 실컷 연습하고 있어."

'둘이서'와 '실컷'을 강조하며 말했다. 와온은 순간 얼굴이 붉어졌다. 아야토는 "당연하죠. 맹훈련하고 있을게요"라며 손가락으로 브이를 만들어 보였다. 단지 그뿐일 진데 와온은 귀 끝이 달아올랐다.

어떡하지……, 너무 의식되잖아.

"그럼 다녀올게. 어머님께 와온이 열심히 하고 있다고 잘 전하고 올게."

주리는 와온과 시선을 맞추며 말했다. 와온은 뺨을 붉게 물들이며 고개를 끄덕였다.

"부탁한다, 매니저. 아, 이렇게 말하니까 왠지 좀 프로가 된 기분이야."

아야토가 자신이 한 말에 쑥스러워했다. 마유미가 그래, 그래 하며 고개를 끄덕이고는,

"벌써 매니저가 있다니 정말, 너희들 운이 좋네……라고 우쭐하지 말고 연습하란 말이야!"

아야토의 어깨를 기운차게 두드렸다. 무서워요, 아야토가 웃었다. 와온도 함께 웃었다.

오늘, 마유미와 주리는 어머니가 입원한 센다이 병원을 방문한다. 목적은 두 가지.

하나는 마유미가 어머니 토키에에게 와온이 첼로를 다시 시작했다는 사실을 알리는 것.

나머지 하나는 음악가 매니지먼트가 장래희망인 주리가, 토키에가 입원한 병원을 상대로 미니 콘서트 개최를 협의하는 것. 와온의 첼로와 아야토의 피아노로 구성한 미니 콘서트를 토키에와 다른 입원 환자들에게 선물하자는 계획이었다.

병원과 협의할 때도 물론 마유미 혼자 가도 된다. 하지만 마유미는 "꼭 주리가 가야 해"라며 강력히 주장했다.

애당초 병원 콘서트는 주리의 아이디어에서 나온 것이었다. 병상에 누운 어머니에게 연주를 들려주려고 와온이 첼로 연습을 시작했다는 소식을 듣고 아야토가 크게 감동받아 "내가 반주하고 싶어"라고 중얼거린 소리를 듣고 번뜩 떠오른 생각이었다. 좋은 생각이 났어! 하며 흥분해 아야토와 마유미에게 아이디어를 꺼냈다.

"그럼 둘이서 같이 연주하는 건 어때? 와온네 어머니가 입원한 병원 환자들이 마음껏 즐길 수 있도록 말이야. 어때?"

와온은 깜짝 놀랐다. 그게 가능할까? 라며. '엄마에게 들려주고 싶다'고는 생각했지만, 바흐의 곡 중 한 곡만 조용히 연습해서 녹음한 뒤 아이팟으로 들려줄까 생각했던 것이다. 연주회라니 당연히 상상도 못 했다. 심지어 병원에서? 설마, 그런 일이 가능할 리가.

그런데 그 아이디어를 들은 마유미는 "최고야!"라며 흥분했다.

"토키에 씨에게 어떻게 들려줄까. 네가 먼저 좋은 아이디어를 내지 않을까 생각했거든. 주리와 아야토가 도와준다니 최고야! 미니 콘서트, 정말 좋다. 하자, 해보자!"

마유미는 말을 꺼낸 장본인인 주리에게 기획서 작성법과 일정을 짜는 방법을 전수했다. 병원 사무국장과 약속을 잡고 직접 만나러 가서 왜 미니 콘서트를 열고자 하는지 차근차근 설명할 거야. 그리고 정식으로 허가를 받고 너희들의 힘으로 연주회를 여는 거야. 마유미의 지도에 갑자기 주리의 의욕이 넘쳤다. 당연히 아야토 역시. 돌아가는 상황에 가장 놀란 사람은 와온이었다.

"내 피아노는 아직 다른 사람들에게 들려줄 수준이 아니라고 생각했는데. 와온의 어머니와 환자들이 기분전환을 할 수 있다면 어쨌든 해보자! 라는 생각이 들었어."

아야토도 흥분한 기색이었다. 부모님에게 말씀드렸더니 한 번 해보라며 밀어주셨다. 피아노 교수는 조금 달랐다. "사람들 앞에서 연주할 생각이면 훨씬 더 시간을 내서 연습해"라고 매우 차분하게 말했다. 그리고 이런 말도.

"듣는 사람의 마음을 풍요롭게 해 주려는 연주는 무엇보다 네게 도움이 될 거야. 첼로를 시작한 친구에게도 분명 도움이 될 테고. 열심히 하거라."

목표를 찾아 그것을 향해 날갯짓을 시작한 친구의 모습에 와온은 눈이 부셨다.

주리도 아야토도. 어쩐지 반짝반짝 빛나 보였다.

나도 친구들처럼 빛날 수 있을까.

첼로를 연주하고 엄마에게, 누군가에게 들려줘서 저렇게 빛날 수 있다면.

그리고 오늘, 눈부신 친구는 마유미와 함께 길을 떠났다. 어머니가 하루하루 생명을 이어가는 센다이로.

그 뒷모습을 아야토와 함께 배웅하며 새콤달콤한 기분으로 가슴이 벅차오르는 것을 느꼈다.

그날 와온과 아야토는 아버지의 연습실에서 합주 연습을 했다.

아야토가 피아노로 멜로디 라인을 만들었다. 와온은 그 흐름에 따라 선율을 연주했다. 서로의 연주를 평가할 정도로 실력이 좋지는 않다. 하지만 한 곡을 전부 연주하고 나니 아야토가 "방금 연주 왜인지 모르겠는데 좋았어"라고 솔직한 감상을 이야기했다.

"정말? 어떤 식으로?"

와온이 기뻐하며 되물었다.

"으음, 뭐라고 표현을 못 하겠는데……."

아야토가 머리를 긁적였다.

"표현은 못 하겠지만 와온다운 연주랄까. 카잘스나 요요마를 따라 하는 와온이 아니라 이게 바로 나다! 라고 말하는 것 같은, 그런 느낌이야."

그렇게 말하고는 싱긋 웃으며,

"그래서 좋아."

그 미소에 자신도 모르게 가슴이 두근거렸다. 아야토의 말에는 올곧은 울림이 담겨 있었다.

카잘스도 아니고 요요마도 아닌, 가지가야 와온.

그래서 좋아. 그 점이 좋아.

아야토의 말에 와온의 첼로는 날개를 달았다. 드높이 날아올라 푸른 하늘을 유유히 나는 작은 새가 되었다.

어디에선가 바람을 타고 밝게 지저귀는 소리가 들려온다.

아아, 이것은…… 이것은 분명 토와의 노랫소리.

나와 지낼 때는 끝내 지저귀지 못했던 카나리아의.

엄마가 편지로 고백했던 사실.

와온. 미안해. 토와를 날려 보낸 사람은 엄마야.

왜인지 속이 터질 것만 같았거든. 울지 않는 토와를 새장 밖으로 놓아주고 싶었어.

미안, 정말 미안해, 와온.

정말 나쁜 엄마였어.

와온은 어머니의 편지에 적혀 있던 글을 마음속으로 되뇌며 그래서 다행이었다고 깨달았다.

토와는 새장 밖으로 날아가 자유로워졌다. 그리고 노래하는 법을 생각해 내고는 분명 어딘가에서 지저귀고 있으리라.

이렇게. ……지금처럼 이렇게 내 마음속에서.

와온은 마치 토와가 된 듯 자신의 일부가 된 첼로를 울리며 마음껏 노래했다. 기분 좋게, 상쾌하게. 소리는 한없이 평온했고, 멜로디는 하늘을 향해 퍼져나갔다.

눈물은 없었다. 그저 행복한 마음만 있었다. 그 마음이 연주 내내 끊이지 않고 강하게 계속됐다.

첼로 선율을 다정하게 따라오는 소리는 아야토의 피아노. 바싹 붙어서 감싸 안듯 따뜻하게.

이 행복이 엄마에게도 닿으면 얼마나 좋을까.

아빠에게도, 마유미 씨에게도. 주리에게도.

아야토에게도.

아아, 나…… 좋아하는구나. 아야토의 이 피아노를. 그리고 아야토를.

좋아해.

자신의 감정을 깨달은 순간, 가슴이 뜨거워졌다.

좋아한다는 감정이 와온의 첼로를 더할 나위 없이 아름답고 단아하게 노래하게 했다.

아야토의 피아노는 지켜 주듯 와온의 첼로를 감싸 안았다.

두 사람 사이에는 아무 말도 없었다. 그래도 좋았다.

각자의 연주가 어느새 호흡을 맞춰 하나의 음악을 자아내기 시작했다.

그날 밤, 마유미는 좀처럼 돌아오지 않았다.

아야토는 개인 레슨이 있어서 저녁에 돌아갔다. "오늘 연주 최고였어"라고 힘내자며 등을 두드리고 떠났다. 와온은 조금 아쉬웠지만 두 사람의 거리가 가까워진 기분이 들어 마음이 온통 간지러웠다.

어쩐지 묘하게 기쁘고 혼자서도 실실 웃음이 나왔다. 아야토가 돌아가고 나서는 마음이 들떠서 다시 첼로를 연습할 수 없었다.

간단하게 식사를 하고 TV를 보면서 마유미를 기다렸다. 그날은 결국 마유미에게도 주리에게도 문자와 전화가 오지 않았다. 불현듯 협의가 뜻대로 이루어지지 않았나 불안감이 고개를 들었다.

연락이 없다는 것은 무언가 큰일이 생겼다는 뜻일까.

아니면 그 두 사람이니까 서프라이즈라도 꾸미고 있는 걸까?

긍정적으로 생각하자고 마음을 달래며 마유미가 돌아오기만을 무작정 기다렸다.

시곗바늘이 10시를 지났을 무렵 현관문이 닫히는 소리가 났다. 거실 소파에서 TV를 보던 와온은 벌떡 일어나 현관으로 달려갔다.

"다녀오셨어요, 늦었네요."

와온이 웃는 얼굴로 말했다. 마유미의 진 빠진 얼굴이 언뜻 보였다. 그래도 와온의 얼굴을 보더니 "미안, 연락도 못 했네"라며 지친 미소를 지었다. 그 모습에 무슨 일이 생겼구나, 예민하게 알아차렸다.

"마유미 씨, 저기……."

와온이 무언가 말하려는데 마유미가 갑자기 손목을 덥석 잡았다. 그리고 질질 끌며 복도를 걸었다. 와온은 깜짝 놀랐지만 조용히 마유미를 따라갔다.

마유미는 와온을 연습실로 끌고 들어갔다. 불을 켠 다음 "연주해. 지금 당장"하고 숨을 가쁘게 내쉬며 말했다.

와온은 도대체 무슨 상황인지 파악할 수 없어 어리둥절했다. 마유미는 숙이고 있던 고개를 들더니,

"연주하라고! 안 들려!?"

갑자기 소리를 질렀다. 와온은 어깨를 흠칫 떨었다.

도대체 무슨 일이 있었던 것일까. 마유미는 다시 고개를 돌리고는 떨궜다. 와온은 케이스에서 첼로를 꺼내 의자에 앉아 자세를 잡았다.

무슨 일인지는 모르겠지만.

지금 마유미 씨의 마음에 이는 풍파를 잠재울 수 있기를.

그러기 위해 이 첼로가 존재하니까.

눈을 감고 작게 심호흡을 했다. 그리고 조용히 첼로를 연주하기 시작했다. 오늘 아야토와 연습한 베르너의 '들장미'. 아야토의 부드럽게 받쳐주는 피아노 음색을 귓속에 떠올리며 마음을 담아 연주했다.

불과 3분 남짓한 연주 동안 마유미는 기운이 쇠한 사람처럼 줄곧 고개를 숙이고 있었다. 하얀 얼굴에 숨 막히게 음울한 그림자가 드리웠다. 와온은 형언할 수 없는 불안을 느꼈지만 끝까지 연주했다. 그리고 조용히 활을 내려놓았다.

"늦었어……."

잠시 후 마유미의 입에서 한숨 같은 소리가 새어 나왔다. 와온은 말없이 마유미를 바라봤다. 몹시 불온한 분위기가 흘렀다.

"마유미 씨, 왜 그래요? 무슨 일이에요?"

참다못한 와온이 물었다. 마유미는 아무 대답이 없었다. 그 순간, 와온의 가슴에 기분 나쁜 예감이 번개처럼 꽂혔다.

설마, 엄마가……?

"마유미 씨? ……설마, 설마…… 엄마한테 무슨 일이라도 생겼어요?"

와온이 매달리다시피 물었다. 마유미의 팔을 붙잡고 마유미 씨 무슨 일이에요, 저기, 무슨 말이라도 좀 해요, 마유미 씨,

네? 제발, 제발요! 하고 연거푸 소리쳤다. 마유미는 와온의 얼굴을 똑바로 마주 봤다. 그 눈동자는 텅 빈 동굴처럼 공허했다.

……마유미 씨?

"뭐라고 했어? ……와온, 지금 뭐라고 한 거야?"

마유미가 떨리는 목소리로 말했다. 와온은 마유미의 새파랗게 질린 얼굴을 응시했다. 금방이라도 눈물을 왈칵 쏟을 듯 고통으로 일그러진 얼굴을.

"나…… 나 말이야…… 나…… 안, 안 들려. 네…… 목소리가."

마유미는 아악 소리 지르며 두 손으로 귀를 막았다. 와온은 그 자리에 망연히 서 있을 뿐이었다.

언젠가 이런 날이 오리라는 것을 알았다.

그래도 조금 더 먼 미래라고 생각했는데.

신이시여…….

마유미는 왼쪽 귀의 청각을 잃는 바람에 오케스트라를 그만뒀다. 그리고 언젠가는 오른쪽 귀의 청각까지 잃을 것이라고 주치의는 말했다.

그것이 마유미가 품은 비밀……이었다.

18

새벽녘이 다 되어서야 겉잠이 들었던 와온은 머리맡에 둔 휴대폰의 진동을 느끼고는 곧바로 깨어났다.

시계는 6시를 가리켰다. 휴대폰 화면에 '아빠'라는 글자가 떠 있었다.

"여보세요."

와온은 멍한 정신으로 전화를 받았다.

—아빠야. 자고 있었어?

바로 옆에 있는 듯 소이치로의 활기찬 목소리가 울렸다.

"자고 있었어.…… 아니, 안 자."

눈을 비비며 모호하게 대답했다.

사실 잤는지 자지 않았는지 분간할 수 없었다. 마음속 회오리바람이 폭풍으로 단번에 몸집을 불려 밤새도록 와온의 속을 마구 휘저어 놓아 다스릴 재간이 없었다.

지난해 열여섯 살이 된 그날부터 와온의 마음속에 작은 회오리바람이 자리 잡았다. 그 바람은 때때로 돌풍이나 태풍으로 변해 제어할 수 없었다. 바람이 거세지면 어린나무 같은 와온의 마음은 혼란스럽고 뒤틀릴 것만 같았다.

어머니가 와온을 두고 집을 떠난 이유, 어머니의 병, 아버지와 마유미의 진짜 관계. 사실을 알았을 때 가장 큰 폭풍이 휘몰아쳤다. 휩쓸려 날아가 버릴 뻔한 와온을 단단하게 붙잡아 매준 사람은 아야토와 주리, 그리고 마유미였다.

그 마유미가 와온의 마음에 다시 폭풍을 몰고 왔다.

어젯밤, 어머니가 입원한 센다이의 병원에 다녀온 마유미가 띄엄띄엄 들려준 사실. 한쪽 귀에 돌발성 난청이 발병해서 오케스트라를 그만둘 수밖에 없었던 사실. 그리고 지금 나머지 한쪽 귀마저 들리지 않게 되었다고 말했다. 그리고 비통하게 내뱉었다.

이제 나는…… 아무 쓸모도 없는 인간이야. 너와 함께 있어도 아무런 도움이 되지 않아…….

그길로 자신의 방에 틀어박혀 버렸다.

와온은 아무것도 할 수 없었다. 도대체 마유미에게 무슨 일이 일어났는지, 앞으로 어떻게 되는 것인지, 무엇 하나 알 수 없었다. 센다이의 어머니가 어떤 상태인지도 듣지 못했지만 그조차 더는 묻지 못했다.

막막한 심정에 마유미의 방 앞을 서성였지만 마유미는 나올 기미가 보이지 않았다. 와온은 어쩔 수 없이 자신의 방으로 가 침대에 누웠다. 당연히 잠은 오지 않았다.

마유미 '씨, 엄마.

우리 이제 어떻게 되는 거야?

마음속 폭풍이 점점 크고 거세져 자신까지 한번에 날려버릴 것 같았다.

그리고 새벽녘에야 겨우 겉잠이 들었는데 전화가 걸려온 것이다. 보스턴에 있는 아버지의 전화였다.

—오랜만이네. 연습은 잘되가?

"응, 그럭저럭…… 어떻게든 하고 있어."

아버지와의 통화는 거의 한 달 만이었다. 최근에는 주로 메일을 주고받았다. 연주가 막힐 때, 연주법에 대한 조언을 듣고 싶을 때. 처음에는 마유미에게만 상담했는데 그녀가 제안했다. 가끔은 아빠에게 물어봐. 위대한 마에스트로 아빠를 두고 활용하지 않으면 아깝잖아.

어린 시절 첼로를 열심히 배울 때조차 아버지에게 상담한 적 따위는 없었다. 새삼스럽게 무슨, 이라는 고집도 있었고 멋쩍기도 했는데 역시 마유미가 등을 밀어주었다.

사실 아빠도 기다리고 계실 거야. 와온이 도대체 어떤 연주를 하려는지, 지금 어떤 식으로 첼로와 마주하고 있는지, 내게도 알려주면 좋을 텐데, 하고.

그래서 메일을 보냈다. 연주를 듣지 않아도 조언을 할 수 있을까 염려했지만 역시 소이치로, 괜한 걱정이었다. "이 부분은 어떻게 연주해야 해?"라고 파트보*를 메일로 보내기만 했는데,

* 합주에서 악기별로 따로따로 표시한 악보.

'소리를 너무 세게 내지 말고 평온하게', '소리가 쭉쭉 뻗어 나가도록 활을 자신 있게 그어'라고 적확하게 조언했다. 어떻게 연주해야 하는지 말로 설명하기란 어렵다. 하지만 소이치로는 지휘자다. 표현방법을 연주자에게 말로 설명하는 일도 그의 중요한 역할이었다. 상대가 딸이라면 더욱 그러했다.

—오늘 마유미의 메일을 받았어. ……어쩌고 있나 싶어서 전화해 봤지.

아버지의 말에 와온은 몸을 일으켜서 자신도 모르게 침대 위에 자세 바르게 앉았다.

귀가 들리지 않게 된 사실을 아빠에게 전했구나…….

와온은 눈앞에 소이치로가 있는 것처럼 허겁지겁 물었다.

"아빠, 마유미 씨가 난청이라는 거, 알고 있었어?"

—당연히 알고 있었지. 좀처럼 알리지 않으려고 했지만 말이야. 마유미의 음감이 이상해졌다는 걸 아빠가 눈치채지 못했을 리 없잖아.

맞는 말이다. 아무리 사소한 소리라도 흐트러지면 지휘자인 아버지의 귀는 잡아낼 수 있다. 그러고 보니 마유미의 어머니가 갑자기 돌아가셨을 때 연주회에서 소이치로는 마유미의 연주에 이상이 생겼다는 사실을 알아차리고 연주회가 끝난 뒤에 몹시 화를 냈다고 했다.

—왜 병이 생겼는지 원인은 몰랐지만……, 어머니가 돌아가

시고 토키에가 불치병에 걸리는 등 이런저런 일이 겹쳐서 상당히 스트레스를 받은 것 같아.

한쪽 귀가 들리지 않게 되었으니 첼로를 계속 연주할 수는 없다. 오케스트라에 폐를 끼치고 싶지 않다. 마유미는 그렇게 소이치로가 이끄는 오케스트라를 그만뒀다.

와온의 어머니 토키에를 동경해서 지원한 일본국제교향악단. 어릴 적부터의 꿈을 이루며 마침내 거머쥔 첼리스트 자리. 스포트라이트가 쏟아지는 무대를 떠나야만 했던 마유미는 얼마나 속이 상하고 분하고 아쉬웠을까.

—보통 돌발성 난청은 한쪽 귀에만 증상이 나타난다나 봐. 양쪽 귀에 모두 증상이 나타나는 사람도 더러 있다던데……, 설마 이런 시기에 그렇게 되어 버리다니…….

소이치로는 할 말을 잃은 듯했다. 수화기 너머로 입을 다문 아버지를 향해 물었다.

"아빠. 나 어떡하지?"

정말로 어떻게 해야 좋을지 몰랐다.

간신히 첼로와 똑바로 마주할 결심을 한 참이었는데. 조금만 더 연습하면 불치병에 걸린 어머니에게 들려줄 연주가 완성되는데.

겁을 내며 조심조심 시작한 항해. 마유미는 바닷길을 찾지 못하고 표류하는 와온을 이끄는 길잡이자 등대였다. 어두컴

컴한 바다에 던져져 사나운 파도에 집어 삼켜질 것 같은 자신은 어떻게 하면 좋을까. 그리고 와온과 함께 항해 거친 바다에 빠진 마유미를 어떻게 구할 수 있을까.

소이치로는 잠시 말이 없다가 이윽고 조용히 말했다.

ㅡ있잖아, 와온. 마유미는 성격이 그래서 어지간하면 약한 소리 안 해. 오케스트라에 있을 때부터 쭉 그랬어. 힘든 일이 있어도 아무리 괴로워도 그걸 전부 연주로 쏟아냈지. 그게 마유미 연주의 좋은 점이자 나쁜 점이기도 했고.

너무나도 강하게 감정을 쏟아붓는 마유미의 연주 방식에 소이치로는 때때로 위협을 느꼈다. 조화를 가장 중시하는 오케스트라에서 마유미의 연주법은 종종 튀기도 했다. 그때마다 소이치로는 마유미를 엄격하게 지도했다. 감이 좋은 연주자였던 마유미는 소이치로의 지도를 금방 이해하고 연주에 반영할 수 있었다. 하지만 소이치로는 줄곧 생각했다. 마유미는 오케스트라 단원으로 두기에는 아까운 인재다. 언젠가는 솔로로 활약해야 할 운명이라고.

마유미가 병이라는 피치 못할 사정으로 오케스트라를 그만두어야 했을 때 누구보다도 안타까워했던 사람은 소이치로였다. 마유미는 "뭐, 어쩔 수 없게 됐네요"라며 억지웃음을 지으며 얼버무렸다. 무슨 일이 일어나도 결코 약한 모습을 보이지 않았다. 그것이 마유미가 살아가는 방식이라는 것을 소이치로는 예전부터 알고 있었다.

—난청 사실을 아빠 말고는 네 엄마에게도 네게도 말하지 않으면서 정상적으로 들리는 척하며 어떻게든 지내왔지만……, 마유미한테는 그것도 분명 큰 스트레스였을 거야. 마침내 네게 털어놓았으니 이제는 오히려 마음이 편하지 않을까 생각해.

와온. 마유미는 널 위해서, 네 엄마를 위해서 아빠와 결혼한 척 연기까지 해준 녀석이야.

이번에는 네가 마유미에게 힘이 되어주면 안 되겠니?

그 말을 들은 와온의 시선이 허공을 맴돌았다.

"그치만 내가 무슨 도움이 되겠어……. 늘 마유미 씨에게 받기만 하고, 아무것도 못 하는 걸. 게다가 어떻게 해야 좋을지도 모르겠고……."

—방법은 두 가지야.

소이치로가 힘주어 말했다.

—하나는 지금 연습하는 곡을 완성하는 것. 나머지 하나는 마유미에게 누구보다 먼저 그 연주를 들려주는 것.

와온은 응? 하고 작게 소리를 냈다.

"하지만…… 마유미 씨는 이제 못 듣잖아……. 그런데 어떻게 연주를 들려줘?"

—괜찮아. 마유미에게 들려줘. 만약 네가 마유미의 마음에 닿는 연주를 한다면.

와온은 무심코 가슴에 손을 얹었다.

'마음에 닿는 연주?'

—귀로 듣는 게 중요한 게 아니야. 마음을 울리는 연주가 가장 중요해. 그러니까 설령 귀로 듣지 못하더라도 마음으로 느낄 수 있을 거야. 네 엄마와 마유미가 진정으로 듣고 싶어 하는 연주는 기술적으로 완성된 연주가 아니야. 네가 마음으로 하는 연주지.

마음의 창을 꽁꽁 감추던 커튼이 활짝 열린 기분이었다.

마음에 닿는 연주. 마음으로 하는 연주.

아아, 그렇구나. 그거였어.

내가 지금까지 마유미 씨와 함께 찾아 헤매던 연주.

분명한 운지, 매끄러운 보잉, 적확한 음정, 물 흐르는 듯한 선율. 안간힘을 다해 쫓았지만 좀처럼 손에 닿지 않아 애가 탔다.

하지만 그것이 아니었다. 자신이 찾고 싶었던 것은. 자신이 진정으로 하고 싶은 연주는.

마음에 닿는, 마음으로 하는 연주였다.

—아빠가 해줄 수 있는 말은 뭐, 그 정도야. 나머지는 스스로 생각해. 네 연주니까.

와온은 뺨에 홍조를 띠고 "아빠" 하고 불렀다. 눈앞에 아버지가 있는 것처럼 사랑과, 태어나서 처음으로 존경을 담아서.

"고마워요, 아빠."

수화기 너머로 낯간지럽다는 듯 웃는 소리가 어렴풋이 들렸다.

—네가 면전에서 고맙다고 말한 적은 처음인 것 같은데.

"면전은 아니지. 전화잖아."

—참나, 아무튼 한 번을 안 지지. 거긴 사흘 연휴지? 열심히 연습해. 마유미의 마음을 울릴 수 있도록.

와온은 고개를 끄덕이며 다시 한번 "고마워요"라고 인사했다. 마음을 담아서.

와온은 전화를 끊은 뒤, 줄곧 방에 틀어박혀 나오지 않는 마유미를 끌어내기 위해 약간의 수단을 생각해 냈다.

아침 7시. 부엌으로 가서 앞치마를 두르고 밀가루와 이스트균, 버터, 바나나와 호두 등을 꺼낸 뒤 오븐을 켰다.

파운드 케이크를 구울 생각이다. 물론 지금까지 한 번도 도전해 본 적 없지만. 인터넷에서 검색한 레시피와 씨름하며 혼신의 힘을 다해 케이크를 만들었다. 케이크를 만드는 동안 자신의 생일에 마유미와 아야토와 주리 세 사람이 케이크를 만들고 기다리던 일이 떠올랐다.

행복했던 생일은 한편으로는 와온이 '모든 것을 알게 된' 운명의 날이기도 했다.

케이크 팬에 반죽을 담고 오븐에 넣은 지 30분 정도 지나자 맛있는 냄새가 올라오기 시작했다. 오븐을 들여다보니 반죽이

보기 좋게 부풀고 있었다. "좋았어"라고 중얼거리며 연습실로 향했다.

첼로를 넣어둔 케이스를 거실로 옮겼다. 거실 한쪽 면에는 정원으로 이어지는 새시 문이 있어 와온이 가장 좋아하는 벚나무도 잘 보였다. 와온은 커튼을 단숨에 걷고 새시 문을 활짝 열었다. 1월의 차가운 공기, 아침의 상쾌한 공기가 거실을 가득 채우는 데 1분도 채 걸리지 않았다.

거실 문, 부엌 문, 식당 문을 전부 활짝 열었다. 부엌과 거실 창문도 전부 열었다.

"아으 추워!"

한마디 튀어나왔지만 마음은 따끈따끈했다.

자. 한 판 해 볼까?

마음속으로 중얼거리며 거실 새시 문 근처, 벚나무와 가장 가까운 자리에 의자를 옮겼다. 케이스에서 첼로를 꺼냈다. 현의 상태를 확인하고 활을 그어 조율했다.

준비는 끝났다.

지판에 왼 손가락을 얹고 오른손으로 활을 가볍게 잡았다. 눈을 감고 작게 심호흡했다.

그리고 첼로를 연주하기 시작했다. 바흐의 'G선상의 아리아'를.

깊고 서정적인 선율이 쨍한 겨울 아침을 열었다. 경건하게 소리를 빚어내는 장인처럼 한 음 한 음 신중하게 짚었다. 풍부한 비브라토에 마음을 차곡차곡 쌓으며 자신만의 아리아를 연주했다. 은은하게 감도는 오븐 속 파운드 케이크의 달콤한 향. 피부를 어루만지는 차갑게 퍼진 공기.

정원에 있는 벚나무의 늠름한 가지가 새파란 겨울 하늘로 뻗어 있었다. 얼어붙은 땅속의 자양분을 빨아들이며 곧 다가올 봄을 위해 꽃봉오리를 맺고 꽃을 피울 준비가, 와온의 속에서는 이미 시작됐다.

우리는 지금 겨울의 한가운데에 서 있다.

하지만 벚나무는 늘 알려주었다.

봄은 반드시 온다고. 나는 다가오는 봄을 준비하고 있다고.

그러니까 나도 준비할 거야. 아직은 부족할지 몰라도 내가 할 수 있는 만큼은 전부 준비할 거야.

다가오는 봄을 위해서.

조만간 만날 엄마를 위해서.

나와 함께 걸어가는 친구들을 위해서.

그리고 마유미 씨. 당신을 위해서.

마유미 씨, 들어줄래요?

이것이 나의 첼로. 이것이 나의 '아리아'.

거실 문 너머, 마유미가 복도 벽에 기대어 서 있었다.

활짝 열린 문 너머로 벚나무를 배경 삼아 첼로 연주에 몰입한 와온이 보였다.

사각형 문 모양으로 잘라낸 그 풍경을 마유미는 말없이 바라봤다. 그 눈에서 조용히 눈물이 흘러내렸다. 마유미의 입이 희미하게 움직였다.

들려, 와온.

아직은 먼 봄을 기다리는 날의 아침 햇살 속에서 와온은 그저 무심히 첼로를 연주했다.

19

FROM: 마유미 씨

SUB: 최고의 하루를 시작하며

TIME: 04/29/7:00

좋은 아침이야, 와온.

어젯밤에는 푹 잤니? 가슴이 두근거려서 잠을 설치지는 않았고? 마치 소풍 가기 전날 초등학생처럼 말이야.

나도 참, 뭐래니. 사실은 나도 그랬어. 무척 두근거리고 설레서 새벽까지 계속 악보를 바라보다가 겨우 꾸벅꾸벅 졸다가 방금 막 깼어.

그래서 최고의 하루를 시작하는 기념으로 네게 문자를 보내야지 생각했단다(요즘은 아침 일찍 네게 문자를 보내는 것이 습관이 됐지만 말이야).

이번에는 특별한 버전이야. 오늘을 맞이하는 기념으로 엄청 빠르게 아주 긴 문자를 쓰니까 받아주렴.

오늘은 드디어 센다이에 입성하는 날이구나. 그리고 오후에는 드디어 병원 로비에서 미니 콘서트. 무사히 이날을 맞이해서 얼마나 기쁜지 몰라. 말로 다 표현할 수 없을 정도야.

어젯밤 늦게까지 아야토와 마지막 연습하느라 고생 많았어.

좋은 연주 같아. 잘 준비된 것 같아. 실제로 들을 수 없으니 '같아'라고밖에 표현할 수 없어 안타깝지만.

너희가 연주한 선율은 내 가슴 한가운데를 찡 울렸어. 사르르 스며들어 떨리듯 빛을 내뿜었지. 아아 이것이 와온의 소리구나 하고 난 그 선율을 끌어안았어.

네 멜로디는 신기하게도 눈에 잡힐 듯했고, 손에 닿을 듯했어. 와온이 첼로를 연주하는 모습만 바라봐도 모든 음이 느껴지는 것만 같았어.

이것이 내가 진정으로 듣고 싶었던 아리아. 그리고 와온이 엄마에게 들려주고 싶은 음악이다. 그런 생각이 들었어.

지난 석 달, 많은 일이 있었지.

양쪽 귀가 모두 들리지 않게 되었을 때, 처음에는 솔직히 더는 극복

할 수 없다는 생각에 절망했어. 더 이상 네게 힘이 될 수 없다는 마음에 분통이 터지기도 했지. 세상에, 왜 신은 내게만 절망을 집중 포화할까 하는 생각에 웃음이 나오더라고. 앞으로 세 달 정도만 더 기다려 주면 되는데, 왜! 라며 울기도 했고.

누구를 원망해도, 아무리 발버둥 쳐도, 이제 어쩔 수 없는데 말이야.

솔직히 고백할게. 한쪽 귀만 난청이라면 앞으로도 어떻게든 들키지 않을 수 있으리라 생각했어. 내가 직접 연주할 수는 없어도 어떻게든 와온의 연주를 들을 수는 있겠다고. 신은 분명 그런 우유부단한 내게 '이제 그만 하라'며 충고한 것일지도 몰라.

겨우 들리던 나머지 한쪽 귀마저 들리지 않게 된 그날, 센다이 병원에서 네 엄마 토키에 씨에게 전했어. 곧 와온이 여기 올 거예요, 그리고 토키에 씨가 가장 좋아하는 G선상의 아리아를 연주할 거예요, 들어주세요. 토키에 씨는 의식은 있지만 인지력은 없는 상태였어. 그래도 나를 물끄러미 바라보고는 아주 조금 고개를 끄덕인 것 같았어.

괜찮아, 토키에 씨는 아직 건강해. 하지만 되도록 빨리 와온을 데리고 오고 싶다. 가능하면 봄에. 토키에 씨가 사랑하는 벚꽃이 흐드러지게 필 무렵에. 나는 그렇게 생각하면서, 도쿄로 돌아가면 앞으로 더욱 기합을 넣어서 와온의 연습을 도와야겠다고 다짐했어.

동행했던 주리도 병원 사무국장과 당당하게 협상했어. 병원은 로비 콘서트를 열어본 적이 한 번도 없다는데, 이번 공연을 계기로 그런 활동을 지속해도 좋겠다고 말하기까지 했지. 주리는 크게 기뻐했어. 나는 당장에라도 너희에게 문자를 보낼까 생각하다가 아니지, 와온과 아야토와 직접 만나서 말해야지 생각이 들어 참았어. 반드시 두 사람의 얼굴을 보고 알려주고 싶었거든.

그리고 도쿄로 돌아가는 신칸센 안에서 마침내 그 순간이 찾아왔어.

미니 콘서트 진행에 대해 주리와 이런저런 이야기를 나눌 때였어. 그때까지 줄곧 잘 들리던 주리의 목소리가 갑자기 멀어지더니…… 신칸센 소리도 점점, 점점 멀어지고……. 정신을 차리고 보니 완전한 정적. 아무 소리도 들리지 않는, 무서울 정도로 고요한 정적 속에 어느새 홀로 남겨지고 말았어.

그때 주리가 상당히 걱정했던 것 같아. 왜냐면 그때까지만 해도 신이 나서 떠들던 내가 갑자기 새파랗게 질려 입을 다물어 버렸으니까. 주리가 열심히 무슨 말을 걸었지만 들리지 않았어. 나는 속이 안 좋다는 둥 괜찮다는 둥 말했던 것 같아. 하지만 사실은 내가 무슨 말을 하는지도 들리지 않았기 때문에…… 너무 혼란스러웠어. 어른답지 못하지, 참.

정말 글렀구나, 나란 사람은.

운도 하늘도 나를 버리다니, 나는 이제 글렀어. ……그렇게 생각했어.

하나뿐인 어머니를 여의고, 내 '별'이었던 토키에 씨가 병에 걸리고.

목숨처럼 소중한 첼로 연주를 포기할 수밖에 없었고.

감쪽같이 새엄마 행세를 하면서 와온을 뒷바라지하려고 여기까지 왔는데.

신은 내게서 와온이 연주하는 첼로 소리마저 빼앗아 버렸다.

이제 끝이다. 여기 있어도 아무런 도움도 안 된다. 와온의 발목을 잡을 뿐이다. 그런 생각에 이 집을 떠나기로 결심했어. 그리고 소 씨에게 메일을 보냈지.

미안해요. 나는 이제 와온의 첼로를 들을 수 없어요. 와온을 방해하고 싶지 않으니 이 집을 떠나겠습니다, 라고.

그랬더니 소 씨가 말이야, 곧바로 답장을 보내왔어. '바보'라는 제목으로.

당신은 바보야! 당연히 내가 허락할 리가 없잖아!

조금만 기다리면 녀석의 연주가 완성된다고 했잖아. 도중에 내팽개치고 도망칠 셈이야? 바보같으니라고!

와온을 슬프게 하지 마! 녀석에게는 네가 필요해. 네가 오고 나서 와온이 변했어. 첼로를 켜야겠다는 마음이 들었다고, 태어나서 처음으로, 스스로. 그런 와온의 연주가 완성되기를 기다리지 않고 떠난다는 말은 하지 마!

그래도 떠나야겠다면 녀석이 연주를 완성하고 병원에서 열리는 콘서트를 마친 다음에 해! 그렇지 않으면 절대로 용서하지 않을 테니까!

바보!!!!!!!!!!!!!!!!!!!!!!!!!!!!!!!

굉장한 메일이었어. 뭐니 뭐니 해도 느낌표가 백 개 정도는 달려 있었거든. 난 왜인지 기분이 이상했어. 기뻤어. ……애달팠어.

고백할게. 울고 말았어.

아아, 나 정말 바보구나. 와온의 연주가 완성되는 것을 끝까지 지켜보지 않고 떠난다는 말을 하다니.

내가 떠나면 와온이 슬퍼할까? 아니, 아니야. 그런 게 아니야.

앞으로 두 번 다시 와온과 만날 수 없다면…… 가슴 아픈 사람은, 괴로운 사람은, 나잖아.

깨달았던 거야.

도움이 되지 않더라도 와온의 곁에 있고 싶다. 와온의 연주를 곁에서 지켜보고 싶다.

이것이 내 진심이야.

그 마음을 깨닫고 소 씨에게 답장을 써야겠다고 생각한 바로 그 순간.

어디선가 좋은 냄새가 났어. 달콤한 버터향. 네 생일에 아야토와 주리와 떠들썩하게 케이크를 만들었던 그때처럼.

설마 하는 생각에 슬그머니 방에서 나와 계단을 내려갔어. 부엌으로 가니 오븐에 굽고 있는 파운드케이크가 보였지. 그리고 집을 써늘하게 채우는 상쾌한 아침 공기.

그리고…… 희미하게, 어렴풋이 떨리는 공기.

이게 뭐지? 피부에 닿는 듯 기분 좋은 울림이 전해졌어.

귀로는 들리지 않았지. 하지만 분명히 마음으로는 들리는 기분이었어.

그러고는 발견했어. 거실 창가, 봄을 기다리며 잠든 벚나무 옆에 앉아 첼로를 연주하는 네 모습을.

평온한 선율. 햇살의 온기. 머지않아 다가올 봄의 힘을 간직한 꽃봉오리처럼. 마음에 올곧게 닿는 소리.

들렸어, 네 소리가. 고막이 아니라 두근두근 뛰는 가슴과 이어진 선율이.

너만의 아리아가.

그날 아침의 기적을 누구에게 감사해야 할까.

오랫동안 심술궂었던 신에게.

토키에 씨에게. 소 씨에게.

아야토에게. 주리에게.

그리고 와온. 너에게.

고마워, 와온. 그리고 축하해.

오늘은 우리 인생 최고의 날이야.

너의 첼로, 너의 아리아의 생일이야.

신칸센이 센다이역에 도착했다.

플랫폼에 가장 먼저 내린 사람은 마유미. 기운찬 모습으로
흰색 바지 정장 차림이었다. 이어서 교복 차림의 아야토, 주
리. 서로 장난을 치고 웃으며 내렸다. 마지막으로 와온. 어머
니가 남기고 간 첼로 케이스를 어깨에 메고 신칸센에서 내린
뒤 무심결에 외쳤다.

"도착했다아!"

아야토와 주리가 뒤돌아보며 웃음을 터뜨렸다. 듣지 못했을
마유미가 곧바로 뒤돌아보며 한마디 한마디 확인하듯 말했다.

"애들아, 뭘, 하는 거니. 빨리, 가자."

마유미는 요즘 이렇게 천천히 정확하게 끊어서 말한다. 자
신의 목소리도 들리지 않으니 제대로 말하고 있는지 확신이
없는 탓이다. 그래서 의식하며 목소리를 낸다.

와온과 아이들도 마유미에게 말할 때는 말을 끊어가며 입을
크게 움직이면서 천천히 말한다. 그러면 마유미가 구화^{口話}로
제법 알아들을 수 있었다.

이야기가 길어질 때나 급할 때는 문자를 주고받는다. 상대
가 눈앞에 있는데 문자를 주고받으니 기분이 이상했지만 제법
원활하게 의사소통할 수 있는 방법이었다. 마유미가 '역시 엄
지족답다. 빠르네;;'라는 문자를 눈앞에서 보내서 자신도 모르
게 웃음이 터지기도 했다. 평소에는 말할 수 없는, 조금 쑥스러

운 이야기를 문자로는 선뜻 할 수 있는 점도 나쁘지 않다는 생각이 들었다.

마유미가 매일 아침과 밤마다 보내는 장문의 문자도 일과가 됐다. 연습이 끝나고 안녕히 주무시라며 방으로 올라간 뒤에도 신들린 듯한 긴 문자가 왔다. 그 악구를 연주할 때 손가락 움직임이 매끄럽지 않았다거나 그 부분 빠뜨리고 연주했지라거나, 그야말로 귀가 들린다고 할 수밖에 없을 정도의 지적을 연이어 보냈다. '귀신!'이라고 한 단어만 써서 답장을 보내면 '어, 귀신이야'라고 또 한마디 답장이 왔다. 그런 티키타카가 참을 수 없이 즐거웠다.

아침이 오자 또다시 긴 문자를 보내왔다. 아침 문자는 밤의 귀신 같은 문자와는 완전히 다른 산뜻한 이야기로 가득했다.

자신이 첼로를 시작했을 때의 일, 첼로를 그만뒀을 때의 일. 기뻤던 일, 슬펐던 일. 때때로 좌절할 뻔했던 일. 마유미 본인과 같은 솔직하고 올곧은 이야기들. 인생 선배로서, 어린나무와 같은 연주자인 와온을 향한 따뜻한 격려로 가득한 문자에 얼마나 큰 용기를 얻었는지 모른다.

조급해하지 않아도 괜찮아. 하지만 조금만 서둘러 줘.

벚꽃이 필 무렵에 너를 엄마 곁으로 데리고 가고 싶으니까.

그때까지는 반드시 네 아리아가 완성될 거야.

자신을 믿고 연주하렴…….

그리고 맞이했다, 오늘을.

마유미가 보낸 '아침 문자'. 마치 봄날의 햇살처럼 와온의 마음을 두드렸다.

자, 일어나. 준비는 됐지?

오늘은 너의 아리아가 태어난 날이야.

"그런데 굉장하다. 이날을 위해 일부러 그랜드 피아노까지 받았다니."

택시에 올라탄 아야토가 감개무량한 듯 말했다.

"아야토. 그 이야기 오늘만 몇 번째야? 분명 신칸센에서만 열 번은 말한 것 같은데."

주리가 질린 듯 대답했다.

"난 몇 번이라도 말하고 싶다고. 굉장해."

아야토가 가슴이 벅차다는 듯 말했다.

"주리가 애써준 덕분이야. 피아노가 없다면 키보드를 빌려서 가져갈게요, 그 비용은 저희 용돈으로⋯⋯라나 뭐라나 하면서 사무국장을 압박했지?"

와온이 마유미에게 들은 사실을 언급하자 "헤헤, 뭘"하고 주리가 조금 쑥스럽게 웃었다.

와온의 어머니가 입원한 병원의 사무국장은 세계적인 지휘자 가지가야 소이치로의 딸인 고등학교 2학년 여학생과 그 친구들이 로비 콘서트를 열고 싶어 한다는 계획을 병원 이사장에게 전했다. 이사장은 감격해서 자신의 집에서 놀고 있던 그랜드 피아노를 병원에 기부하기로 즉시 결정했다.

"어제 조율했다던데 오늘 아야토가 오면 마지막으로 체크하고 싶대."

주리가 말하자 "우와, 본격적이네. 왠지 긴장된다—"고 아야토가 말했다.

"긴장하지 마. 긴장은 내가 할게."

주리가 대답하자,

"큰일났네, 나도 긴장돼."

와온이 웃으며 말했다.

어떡해, 떨려, 뒷좌석에 나란히 앉아 야단법석을 떠는 세 사람의 휴대폰이 동시에 울렸다. 앞 좌석에 앉은 마유미의 문자였다. '시끄러워!' 세 사람은 서로 마주 보며 키득키득 웃었다.

택시는 센다이시 교외에 있는 병원에 도착했다. 차에서 내리자 가장 먼저 시야에 들어온 풍경은 병원 건물 바로 옆에 서 있는 벚나무였다.

"우와아…… 대박."

와온은 벚나무를 올려다보며 자신도 모르게 감탄했다.

푸른 하늘을 향해 쭉쭉 뻗은 가지들은 엷게 물든 꽃으로 가득했다. 활짝 핀 벚꽃은 그저 아름답고 봄의 기운이 넘쳐흘렀다.

"늦지 않아서, 다행이야."

옆에서 벚꽃을 올려다보던 마유미가 천천히 말했다. 와온은 마유미의 옆모습을 바라봤다.

토키에 씨가, 사랑하는, 벚꽃.

이, 꽃이, 만개할 때 와온의, 첼로를, 들려주고, 싶었다.

그것이, 내, 꿈이었던, 거야. 와온은 조용히 마유미를 바라봤다. 아름답고 우아한 옆모습. 와온의 가슴에 말로 표현할 수 없는 생각이 가득 샘솟았다.

마유미 씨, 고마워요.

……사랑해요.

팔랑팔랑 흩날리는 하얀 꽃잎. 벚꽃에 흠뻑 빠져 있던 네 사람은 나란히 병원으로 들어갔다.

20

병원 정면 현관으로 와온 일행을 마중 나온 사람은 병원 사무국장 요코우치 하지메였다.

"먼길 오느라 고생 많으셨습니다. 입원 환자분들과 저희 직원들도 이날을 손꼽아 기다렸습니다."

만면에 미소를 띤 요코우치 사무국장이 말했다. 뺨을 붉게 물든 와온이 머리를 숙였다.

"처음 뵙겠습니다. 가지가야 와온입니다. 오늘 잘 부탁드립니다."

이어서 아야토가 인사했다.

"이케야마 아야토입니다. 피아노 연주를 맡았습니다."

사무국장이 미소지었다.

"아야토 군, 기다렸습니다. 이사장님이 기부하신 피아노를 마지막으로 조율할 예정이니 함께해 주세요."

아야토가 네! 하고 씩씩하게 대답했다. 본무대 직전의 기분 좋은 흥분이 목소리에 담겨 있었다.

"우선 연주 장소를 보여드리겠습니다. 이쪽으로 오시죠."

사무국장의 안내를 받아 네 사람은 로비를 걸었다. 일요일이라서 외래 진료가 없어 오가는 사람이 보이지 않았다. 하지만 오후에 공연이 시작될 때는 입원 환자들과 근처 주민들로 로비 좌석이 가득 찰 것이라고 했다.

"직원들이 직접 만든 전단지를 환자분들 가족과 근처 주민들께 돌렸습니다."

그렇게 말하며 걸어가던 사무국장은 B5 크기의 벚꽃색 전단지를 와온에게 건넸다. 세 사람은 그 자리에 멈춰 서서 머리를 맞대고 전단지를 들여다봤다. 마유미도 멈춰 서서 세 사람의 모습을 흐뭇한 시선으로 바라봤다.

연주　　가지가야 와온(첼로), 이케야마 아야토(피아노)

프로그램　사쿠라(모리야마 나오타로), 봄, 고향,

　　　　　　백조(생상스), G선상의 아리아(바흐)

"하아. 이렇게 글자로 적힌 걸 보니 어쩐지 본격적으로 느껴
지네요. 굉장해요."

아야토가 한숨을 쉬며 말하자,

"남 일이 아니야. 네가 연주하는 거라고."

주리가 팔을 쿡쿡 찔렀다.

와온은 숨을 죽이고 '연주 가지가야 와온(첼로)'라고 적힌 글
자를 넋을 놓고 바라봤다. 아야토의 말대로 글자로 적어 놓고
보니 프로 연주자 같아 신기했다. 도무지 자신의 일처럼 느껴
지지 않았다. 그와 동시에 드디어 실전이라는 긴장감이 몸 구
석구석 퍼지는 느낌도 들었다.

사무국장은 웃으며 "연주 장소도 꽤 본격적이에요"라며 넓
은 로비 중 막다른 공간을 손으로 가리켰다.

로비 남쪽은 한쪽 면이 통유리였다. 통유리 바로 너머에 벚

나무가 서 있었다. 흐드러지게 만개한 꽃, 완연한 봄기운에 꽃잎이 흩날리는 풍경이 보였다. 그 벚꽃을 배경으로 그랜드 피아노와 연주자를 고요하게 기다리는 의자 하나가 놓여 있었다.

와온은 쉽사리 입을 열지 못했다. 온갖 생각이 바람에 흩날리며 춤을 추는 벚꽃잎이 되어 가슴을 스쳤다.

솔직히 말하면 이날을 맞이하는 것이 기쁘기도 하고 두렵기도 했다.

어머니가 그렇게나 계속하기 바랐는데 어렸을 적 포기한 첼로. 어머니의, 마유미의 운명을 농락한 마물 같은 악기. 다시 손에 잡았지만 반년을 채우지 못한 연습 기간에 완벽과는 거리가 먼 자신의 연주.

그래도 이날을 맞이할 수 있었던 것은 마유미의 지도, 아버지의 조언, 친구들의 도움이 원동력이 되었기 때문이다.

그리고 분명 딸을 기다릴 어머니라는 존재도.

두려운 마음을 기쁨으로 바꾼다. 그러기 위해 나는 이곳에 왔다.

마음속으로 그렇게 중얼거린 순간.

"와온."

뒤에서 자신을 부르는 목소리가 들렸다. 귀에 익은 그리운 목소리. 와온은 뒤를 돌아봤다.

은빛 머리를 곱게 틀어 올리고 연분홍색 스웨터를 입은 노부인이 서 있었다. 다정한 눈빛으로 바라보는 그 사람은 와온의 외할머니, 후사에였다.

"……할머니!"

할머니에게 달려갔다. 어느 순간 두 사람은 두 손을 맞잡았다.

"다 컸구나. 예쁜 아가씨가 됐어."

후사에가 애정 가득한 목소리로 말했다. 뜻밖의 말에 뺨을 붉힌 와온이 대답했다.

"할머니도 참. 어디 모르는 애한테 하는 말 같아요."

할머니가 미소지었다.

"정말 오랜만이니까…… 생각난 대로 말한 건데 뭐. 다행이야, 건강하게 자라서. 예쁘게 커서……."

순식간에 눈물이 고였다. 와온은 말을 잃고 후사에의 마른 가지 같은 손을 힘주어 잡았다.

어머니가 와온을 떠난 뒤로는 만난 적 없는 외할머니. 아마도 어머니가 말했겠지. 와온이 보고 싶어도 연락하지 말라고. 자신의 병을 모르게 하고 싶으니까.

후사에에게는 하나뿐인 손녀. 보고 싶은 마음을 오늘까지 억눌러왔다. 이제는 자신의 어머니조차 알아보지 못하게 된 외동딸 토키에를 간병하며 하루하루 고독과 불안과 싸우며 살아온 것이다.

서로를 단단하게 잇는 할머니와 손녀의 손에 다른 손이 뻗어

왔다. 두 사람의 손등을 가볍게 토닥이며 마유미가 후사에에게 말했다.

"아직, 칭찬하지 마세요. 연주가, 끝날 때, 까지는."

어머, 하고 후사에가 어깨를 으쓱하며 와온에게 말했다.

"들켜 버렸네. 네 선생님은 전부 꿰뚫어 보시는구나."

와온은 저도 모르게 웃음 지었다.

병원 5층, 와온은 1인실 베이지색 문 앞에 잠시 멈춰 서 있었다. 그 주위를 에워싸듯 후사에와 마유미, 아야토와 주리가 함께 있었다.

문 옆 이름패에 달린 이름, '오다 토키에'. 자신과는 다른 처녀 시절 성으로 돌아간 어머니의 이름을 응시했다.

한 발자국 내딛고 싶었지만 몸이 움직이지 않았다. 벽에 가로막힌 듯 다리를 앞으로 뻗을 수 없었다. 잔뜩 굳어 버린 와온의 등을 살며시 밀어준 사람은 마유미였다.

"주저, 하지 마. 네, 엄마, 니까."

한마디 한마디 꼭꼭 씹듯 말했다. 고개를 돌려보니 마유미와 아야토와 주리, 세 사람이 지켜보고 있었다. 옆에 있던 후사에가 꼭 안아주듯 와온의 어깨를 감싸 안았다.

문을 조용히 옆으로 밀었다.

오전 햇살이 비추는 창가에 침대가 있었다. 그 위에 앙상한 몸이 누워 있었다. 코에는 산소 튜브가 달려 있고, 주위에 있는 의료기기에 연결된 튜브 몇 개가 이불 밑으로 삐져나와 있었다. 와온은 조심스럽게 침대로 다가갔다.

푹 꺼진 창백한 뺨. 바싹 말라 반쯤 벌어진 입술. 눈동자는 아무것도 비추지 않는 듯 빛을 잃고 천장을 향해 있었다. 와온은 숨을 죽인 채 색을 잃은 얼굴을 들여다봤다.

……엄마.

소리 내어 부르고 싶었지만 도저히 목소리가 나오지 않았다. 와온의 기억 속에 살던 어머니와 눈앞에 괴괴하게 누워 있는 몸. 너무나도 달랐다.

조금 더 진지하게 첼로와 마주하렴. 엄하게 꾸짖던 어머니의 목소리는 이제 들려오지 않았다.

방금 나온 악구 자연스럽게 잘 연주했어. 기쁨이 묻어나는 말투로 칭찬하던 목소리도.

알고는 있었지만 현실과 마주하니 후들후들 떨리는 다리를 어쩔 도리가 없었다. 와온의 마음을 눈치챈 듯 마유미가 와온의 등을 받쳐주었다. 마유미는 토키에를 향해 더듬더듬 말을 걸었다.

"토키에, 씨. 와온, 이에요. 엄마 보러, 왔어요. 토키에 씨에게, 'G선상의 아리아'를, 들려, 주려고요."

어머니에게 하고 싶었던 말. 마유미가 자신의 마음을 고스

란히 말해 줬다.

자신의 목소리도 들리지 않는 지금, 마유미로서도 소리 내어 말하기란 이만저만 어려운 일이 아닐 테다. 그럼에도 말문이 막힌 와온 대신 말을 걸어줬다.

엄마. 엄마에게 'G선상의 아리아'를 들려주고 싶어.

엄마가 가장 좋아했던 가슴에 스며들 듯 아름다운 곡을.

엄마. 지금까지 미안해요. 투병하는 것도 몰라서. 아무런 힘도 되지 못해서.

하지만 나 결심하고 여기까지 왔어.

이 한 곡을 연주하기 위해 첼로를 다시 시작해 보자고.

고마워요, 엄마. 엄마가 있어서, 살아 주어서, 내가 첼로를 다시 마주할 수 있었어.

연주가 끝날 때까지 나, 절대 울지 않을 거야.

그러니까 들어줘요. 내 아리아를.

어머니 앞에서 역시 입 밖으로 꺼낼 수 없었다. 그러나 마음 속으로 어머니를 향한 마음을 모두 담아 이야기했다. 온 정신을 집중해 어머니의 품에 안겼다. 다정하게 안아주는 기분이 들었다.

눈물이 차올랐다. 하지만 울지 않았다. 입술을 깨물고 참았다.

엄마와 나의 약속.

'G선상의 아리아' 연주를 마칠 때까지 절대로 울지 않을 거야.

병원 휴게실이 출연자 대기실로 급하게 변신했다.

와온과 아야토는 철제 접이식 의자에 나란히 앉아 그 순간을 기다렸다. 공연 공간에 관객이 전부 입장한 뒤 공연장 정리와 시간을 체크하는 역할을 맡은 주리가 두 사람을 부르러 오는 순간을. 두 사람과 조금 떨어진 곳에 마유미가 앉아서 벽에 걸린 시계를 올려다봤다.

와온은 조금 전부터 계속 허공에 대고 활을 그었다. 아야토도 건반을 치듯 허공에 손가락을 움직였다. 두 사람 모두 말도 시선도 나누지 않았다.

그 모습을 바라보던 마유미가 한숨을 쉬더니 휴대폰 위에 올린 손가락을 다급히 움직였다. 두 사람의 교복 주머니가 동시에 진동했다.

와온과 아야토는 말없이 휴대폰을 꺼내 확인했다. 마유미의 문자였다.

참나. 뭘 그렇게 잔뜩 긴장했어. 이제 와서 안절부절못해봤자 이미 늦었는데. 어차피 엉망일 텐데 떨어봤자 소용없어. 당당하게 창피당하고 웃으면서 돌아와!

와온과 아야토가 마주봤다.

"마유미 씨, 진짜 못 말린다니까."

아야토가 엉겁결에 웃음을 터뜨렸다. 와온은 뾰로통해 보였다.

"웃을 일이 아니야, 진짜."

하지만 등을 힘껏 밀어준 느낌에 갑자기 마음이 가벼워졌다. 곧바로 답장을 적어 마유미와 아야토 모두에게 보냈다.

엉망진창으로 연주하고 오면 염라대왕으로 변신할 거면서~ 연주 망쳐도 받아줄 거예요?

답장을 본 마유미의 옆얼굴에 미소가 번졌다. 금세 답장이 왔다.

받아줄게. 어떤 연주를 하든 마음껏 쏟아붓는다면.

자. 자신감 있게, 다녀와.

와온이 고개를 들어 마유미를 봤다. 마유미는 웃으며 손을 흔들어 보였다. 문이 열리며 주리가 고개를 들이밀었다.

"시간 다 됐어. 준비 됐지?"

와온이 자리에서 일어났다. 아야토도 뒤를 이었다. 시선을 주고받으며 두 사람은 고개를 끄덕였다.

주리를 따라 공연장인 로비로 걸어갔다.

기분 좋은 긴장감에 가슴이 두근두근 뛰었다. 손바닥에 땀이 배어났다. 정면을 바라보며 가슴을 조금 젖힌 와온과 아야토가 로비로 들어섰다.

금세 잔물결 같은 박수에 둘러싸였다. 객석은 놀랄 만큼 많은 사람으로 가득했다. 아야토와 와온은 나란히 서서 관객을 향해 인사했다. 고개를 든 순간 객석 가장 뒤, 이동용 침대에 누운 어머니의 모습이 눈길에 스쳤다. 그 옆에 선 후사에와 마유미의 모습도.

순간 와온과 시선을 마주친 아야토는 피아노 앞으로 걸어갔다. 무대 옆에서 주리가 첼로를 들고 나타나 와온에게 건넸다.

반들반들한 나무를 품에 안은 와온이 의자에 앉았다. 눈을 살며시 감고 호흡을 가다듬었다.

연주 직전의 순간. 그 순간이야말로 '영원'이라고 가르쳐준 사람은 마유미였다.

토와라는 이름의 카나리아를 기른 적이 있어요.

토키에가 불치병에 걸린 사실, 그 때문에 와온을 곁을 떠난 사실을 마유미에게 들었을 때 토키에와의 추억을 두서없이 이야기하던 마유미에게 고백한 적이 있다.

이유는 몰랐지만 그 무렵 아버지와 어머니 사이가 험악했어요. 나는 외톨이라 외로워서 카나리아를 기르기 시작했죠.

토키에의 '토', 와온의 '와'. 토와라는 이름을 지어준 사람은 저고요.

그랬더니 엄마가 말씀하시더라고요. '토와'는 '영원'이라는 뜻이라고요. 종합장에 한자를 쓰면서 알려주셨죠.

영원이 무슨 뜻이야? 라고 물었더니 엄마가 대답했어요. 절대로 누구도 찾을 수 없는 것이라고.

결국 그 카나리아는 날아가 버렸어요. 그러고 나서 얼마 후에 엄마도 사라져 버렸고요.

영원은 정말 가질 수도, 찾을 수도 없는 것인가 봐요. 내 영원이고 싶었던 것들은 전부 내 곁을 떠나버렸으니까요.

와온의 어릴 적 고백을 들은 마유미는 와온을 사랑스럽게 쳐다보며 미소를 지었다. 토키에 씨도 너도 감상적이구나.

나라면 이렇게 말했을 거야. 영원은 네가 매일 경험하는 '바로 그 순간'이라고 말이야.

바로 그 순간은 첼로 연주를 시작하기 직전 몇 초 동안을 뜻해.

바흐도, 베토벤도, 카잘스도, 요요마도. 음악을 사랑하고 마음을 담아 연주하는 사람이라면 누구에게라도 찾아오는 바로 그 몇 초.

가슴이 끓어오르고 떨리는 그 순간. 이 세상에 음악이 존재한다는 사실을 기뻐하고 감사하는 그 찰나. 시대도 국경도 인종도 초월해 우리가 선율로 하나가 되기 1초 전.

바로 그 순간이야말로 영원이야.

그러니까 다시 한번 연주하렴. 영원을 찾아서 첼로와 함께 여행하렴.

분명 찾을 수 있을 테니까.

그래. 영원은 여기에 있다.

활이 현에 닿는 바로 이 순간.

21

와온과 아야토, 두 연주자가 선보이는 첫 연주회가 시작됐다.

무대에 선 와온의 쿵쾅거리는 심장 소리가 점점 더 커졌다. 작은 무대가 끝없는 망망대해처럼 느껴졌다. 가슴이 기대와 불안으로 어지러이 떨리고, 뱃멀미하듯 속이 울렁거려 현기증이 날 것 같았다. 온몸을 집어삼킬 듯 울리는 소리에 아찔해져 눈을 질끈 감았다. 풍랑이 인 듯 요란하던 세상이 삽시간에 아득해졌다.

시간이 멈춘 듯한 영원의 순간, 어디선가 작은 새들이 지저귀기 시작했다. 토와가 왔을까? 간신히 노래하는 법을 깨달은 나를 지켜봐 주러 왔을까?

활을 쥔 손의 떨림이 잦아들었다. 거친 파도가 잔잔해지고 평온이 찾아왔다. 눈을 떴다.

아야토의 손가락에서 흘러나오는 봄날의 햇살처럼 온화한 피아노 멜로디.

따뜻한 봄빛처럼 모든 것을 품을 듯 이끌어주는 멜로디가 나를 포근하게 감쌌다. 어떤 연주라도 괜찮다고, 다 받아주겠다고 달래는 듯한 소리.

아! 나는 사랑받고 있구나.

줄곧 사랑받고 있었구나.

벚꽃잎이 된 와온의 첼로 선율은 아야토라는 햇살에 실려 높이 날아올라 로비에 흩날렸다.

푸르른 들판을 가득 메운 만개한 꽃들 같은 피아노 소리. 그 꽃들을 살며시 흔들며 물결을 만드는 바람 같은 첼로 음색.

와온은 느꼈다. 지금 아야토의 피아노와 자신의 첼로가 서로 어우러지고 있음을.

섞여서 화음을 이룬다. 오케스트라의 묘미는 그것이 전부야.

오래전에 아버지가 첼로를 배우는 와온에게 가르쳐준 적이 있다.

물론 솔로 연주도 좋은 연주는 좋지. 하지만 아빠는 역시 여러 악기가 호흡하는 오케스트라가 좋아.

하나의 멜로디를 여러 악기가, 소리가, 공명하며 만들어내지. 기술뿐만이 아니야. 연주자의 마음이 하나가 될 때 화음을 이루는 거야.

연주자들의 마음이 서로 어우러질 때 탄생하는 음악이니 당연히 멋지잖아?

우리는 하나가 된 거야. 그것을 느끼는 순간이 아빠에게는 영원이야.

와온. 너도 언젠가 느껴봤으면 좋겠구나.

누군가와 함께 연주하면서 상대의 소리와 내 소리가 하나가 되는 순간을.

그 순간에 분명 네 아빠가 질리지도 않고 지휘봉을 휘두르는 기분을 이해할 거란다.

기이하게도 그 시절 싫어했던 아버지의 한마디 한마디를 전부 기억한다.

가정을 돌보지 않았던 아버지. 어머니와 자신을 고독 속에 방치한 아버지.

아무리 연습해도 아버지의 관심이 조금도 자신에게 향하지 않았다. 그 사실이 못내 서운했다. ……그런데.

어린 와온은 몇 안 되는 아버지의 가르침을 온몸으로 받아들였던 것이다.

그리고 지금, 아버지의 말이 사실이었다는 것을 깨달았다.

공명하는 마음. 아야토와 자신, 두 사람의 마음이 포개져 하나가 됐다.

이 온기 속에서 오래도록 연주하고 싶다.

나 좋아하는구나. 다정하게 맞춰주는 아야토의 피아노가.

……아야토가.

와온은 마음껏 연주했다. '사쿠라', '봄', '고향', '백조'. 한 곡이 끝날 때마다 로비 가득 따뜻한 박수가 울려 퍼졌다.

연주하는 행복. 누군가에게 들려주는 기쁨.

엄마. ……마유미 씨.

저요, 드디어 알았어요. 두 분이 평생 열심히 연주해온 이유를요.

화음을 이루는 행복을, 음악을 사랑하는 사람들과 나누기 위해서.

두 사람은 첼로를 계속 연주한 거예요.

우아하고 아름다운 '백조' 연주가 끝나자 객석을 가득 메운 관객들의 박수가 길게 이어졌다. 이윽고 파도가 밀려가듯 박수가 잦아들며 고요해졌다.

와온은 피아노가 있는 쪽으로 고개를 돌렸다. 버팀봉으로 받쳐놓은 반들반들한 뚜껑 사이로 보이는 아야토의 얼굴도 와온을 향해 있었다. 두 사람의 시선이 하나가 됐다. 아야토의 눈동자가 희미하게 반짝였다. 그것을 신호로 와온의 활이 현

위를 미끄러졌다.

마지막 곡, 바흐의 'G선상의 아리아'.

잔잔한 물결 같은 도입부. 부드럽게 이어지는 시퀀스*.

와온의 평온한 첼로가 아야토의 피아노와 함께 관객들의 마음을 두드렸다. 객석에 다스한 빛이 내려앉았다.

반짝반짝 부서지는 햇빛, 살랑살랑 부는 산들바람. 찬란한 봄빛 속에서 와온의 마음이 화음을 이뤘다. 차분하게 받쳐주는 아야토의 피아노와. 연주에 흠뻑 빠진 관객들과. 아득히 먼 세월을 지나온 거목처럼 단단한 토키에의 첼로와.

그리고 활짝 핀 벚꽃처럼 선연한 마유미의 첼로와.

아아, 들린다. 느껴진다.

엄마의 첼로가. 마유미 씨가 연주하는 멜로디가.

시간과 공간을 넘어 이렇게 화음을 이룬다는 것을 깨달았다.

들려요, 엄마. 느껴져요, 마유미 씨.

우리의 첼로가 하나가 되었어요. 노래하고 있어요.

세상에 음악이 있다는 행복. 첼로를 연주할 수 있다는 기쁨.

우리, 서로 나누고 있어요.

* 일정한 음형이 반복 진행되는 것.

3분 43초의 영원을, 와온은 호흡했다. 로비를 가득 메운 관객들과 함께.

마지막 선율을 연주하던 활이 현 위에서 조용히 멈췄다.

정적이 내려앉은 로비에 한숨이 새어 나왔다. 그 순간, 열렬한 박수가 쏟아졌다.

브라보. 누군가 외쳤다. 몇 사람이 자리에서 일어섰다. 관객들이 모두 연이어 일어서며 연주자에게 아낌없는 박수를 보냈다.

아야토가 일어나 인사했다. 와온은 쉽사리 일어날 수 없었다. 자신들에게 쏟아지는 박수라는 실감이 나지 않았다. 당황스러운 마음에 아야토를 바라보니 일어나라는 듯 손으로 신호를 보냈다.

와온은 첼로를 한 손으로 잡고 머뭇머뭇 일어났다. 그리고 길을 잃은 아이처럼 객석의 가장 뒷자리를 살폈다.

토키에의 침대 옆에서 후사에가 열심히 박수를 치고 있었다.

엄마, 보고 싶었어요.
내 아리아가 조금은 닿았을까요?
엄마에게도 토와가 다시 찾아왔을까요?
엄마, 사랑해요…….

몇 번이나 뺨을 훔쳤다. 그리고 그 가까이에 서 있던 마유미.

머리 위로 두 팔을 들어 올려 커다랗게 동그라미를 만들었다.
그 표시를 본 순간 와온의 굳은 얼굴에 마침내 미소가 번졌다.

와온, 해냈구나.
놀라지 말렴. 토키에 씨, 연주가 끝나자마자, 눈물을 흘렸어.
와온의 '아리아'가, 닿은 거야.
엄마의 마음에.

대기실에 두고 온 휴대폰에 마유미가 보낸 문자를 와온이 확
인한 것은 조금 뒤의 일이었다.
지금 와온은 박수갈채 속에 있었다. 연주를 마친 자만이 맛
볼 수 있는 풍요 속에 있었다.
그저 빛 속에 있었다.

고등학교 2학년 여름방학 마지막 날.
하네다 공항 국제선 출발 게이트 앞에 와온, 마유미, 아야토,
주리 네 사람의 모습이 보였다.
와온과 주리는 웃으며 서로의 어깨를 토닥였다. 아야토도
함께 웃었다. 마유미는 그 모습을 바라보며 이따금 손목시계
로 시선을 던졌다.
—슬슬 시간 다 된 거 아니야?

마유미가 와온에게 수어로 말했다.

—괜찮아요. 5분 정도는 더 있어도 돼요.

와온도 수어로 대답했다.

—늦게 타면 어떡해.

아야토가 말했다.

—늦으면 택시 타고 쫓아갈 수도 없으니까.

주리가 말했다. 네 사람은 수어˚로 이야기를 주고받으며 화기애애하게 웃었다.

'마유미 씨를 위해 수어를 배우자'고 제안한 사람은 아야토였다. 그리고 가장 마지못해 동의하고 가장 빨리 배운 사람은 마유미였다. 석 달 동안 특별 훈련을 해서 네 사람 모두 어느 정도 수어로 소통할 수 있게 됐다. 그래도 급할 때는 와온과 마유미는 휴대폰으로 문자를 주고받았다.

'서툴면 서툰 대로 인정하고 받아들여!'라거나 '연주가 좀 좋았다고 우쭐하면 안 돼'라거나 문자에 실린 마유미의 험한 말투는 건재했다. 하지만 때로는 '마음을 울렸어'라고 보내기도 했다. 그럴 때면 기뻐서 그 문자를 '마유미 씨의 칭찬'이라고 이름 붙인 폴더에 저장해 두었다가 가끔 꺼내 읽으며 헤헤 웃

* 수화 언어의 줄임말.

었다.

병원에서 로비 콘서트를 연 지 한 달 후, 어머니 토키에가 하늘나라로 떠났다. 잠들 듯 평온한 마지막이었다고 할머니 후사에가 말했다.

그날 어머니가 흘린 한 줄기 눈물. 그 눈물은 어떠한 감정도 표현할 수 없던 어머니가 준 마지막 선물이었다고 와온은 받아들였다.

어머니와의 약속을 지킨 와온은 진작부터 마음을 정했다.

앞으로도 첼로를 계속해야지. 첼로와 함께 살아가야지.

그리고 언젠가 엄마와 마유미 씨가 본 풍경을 나도 볼 거야.

오케스트라 단원이 되어 무대에서 바라보는 객석 풍경.

연주자들과 호흡하고 화음을 이루며 관객과 함께 농밀한 시간을 나누는 최고의 행복.

그날을 위해 오늘, 와온은 떠난다.

보스턴에서 기다리는 아버지 곁으로.

각자 자신의 꿈을 이루기 위해 움직이기 시작했다.

아야토는 음대에 입학하려고 피아노 연습량을 한꺼번에 늘렸다. 학교와 피아노 연습을 병행하는 데 몹시 고생하고 있지만 제일 하고 싶은 일을 향해 착실히 걸어가는 것은 견딜 수 없을 정도로 즐거웠다. "출발이 늦은 만큼 반드시 곧 다른 녀석

들을 따라잡고 뛰어넘어야지"라며 의욕이 넘쳤다. 마유미에게 어느새 남자다워졌다는 말을 듣자 수줍게 웃는 얼굴은 역시 소년다웠다.

주리는 음악 매니지먼트 전문가가 되기 위해 날마다 연구한다. 마유미의 소개로 관계자를 인터뷰하고 그 모습을 소개하는 블로그를 개설하기도 했다. 클래식 연주회에도 자주 다닌다. 처음에는 와온과 아야토에게도 함께 가자고 했지만, 최근에는 혼자서도 주눅 들지 않고 찾아다닌다. 아이팟에 저장된 곡은 클래식 연주가의 유명한 연주들뿐이다.

마유미는 음악 자유기고가 일을 계속하면서 연주가와 작곡가들의 평전을 집필하기 시작했다. 글을 쓰면서 용기를 얻을 때가 많다고 한다. 어떤 천재나 고뇌했다. 누구에게나 험한 산을 끝까지 올라야만 볼 수 있는 지평이 있었다면서. 베토벤은 소리가 없는 세계에서 교향곡 제9번을 작곡했어, 그러니까 너도 나도 괜찮을 거야, 라며 와온을 향해 설교, 사실은 격려의 말을 보냈다.

그리고 와온은 보스턴 컨서버토리에서 유학하기로 결심했다. 대학에 진학한 뒤 유학해야 하나 고민했지만 마유미는 하루라도 빨리 유학을 가라고 권했다. 일류 지도자 아래서 다른 사람보다 곱절로 노력해서 모든 시간을 레슨에 바치라고. 그러는 편이 가장 좋다고.

스스로도 그래야 한다고 생각했다. 진심으로 어느 오케스트라에 소속된 첼리스트가 되고 싶다면 출발이 늦은 만큼 피나는 노력을 해야 한다고 각오했다.

그런데 아야토와 주리, 학교 친구들, 그리고 누구보다도 마유미를 보지 못하는 점이 마음에 걸렸다. 조금만 더 미뤄도 괜찮지 않을까 약한 마음이 고개를 들었다. 하지만 무슨 소리를 하는 거냐며 마유미는 웃어넘겼다. 너무나도 시원시원한 반응에 와온은 실망하고 말았다.

외롭지 않아요? 혼자 남겨지는데.

조금 토라진 와온이 물었다.

외롭지 않아.

마유미는 미소지으며 대답했다.

왜냐면 우리는 언제나 하모니를 이루니까.

네가 첼로를 연주하는 한. 내가 음악을 포기하지 않는 한.

시간도, 공간도, 국경도 뛰어넘어.

우리는 언제라도 하나가 되어 연주할 거야.

마유미가 손목시계를 툭툭 치며 와온에게 보였다. 떠날 시간이 다가온 모양이다.

"그럼."

와온이 소리 내어 말했다.

"다녀오겠습니다."

아야토와 주리가 손을 흔들며 배웅했다. 마유미는 멀어지는 와온을 팔짱을 끼고 줄곧 바라만 봤다.

출국 게이트에 들어가기 직전, 단 한 번 뒤를 돌아봤다. 힘차게 손을 흔드는 친구들 뒤로, 찰나의 순간 마유미가 두 손을 흔드는 모습이 보였다.

그녀의 품에 안긴 첼로와 현 위를 미끄러지는 활. 가슴에 스며드는 아리아 선율이 어디선가 아스라이 들려오는 듯했다.

◆

영원 협주곡, 가슴 뭉클한 악장 하나

2006년 4월 파리, 데뷔 20주년 리사이틀을 앞둔 소프라노에게 머나먼 고국에서 갑작스러운 아버지의 부고 소식이 전해집니다. 소프라노는 곧바로 고국으로 돌아가려고 하지만 그녀의 어머니는 '관객들과의 약속을 지켜야 한다. 그 공연을 아버지께 바치는 것이 너의 도리다'라며 말립니다. 결국 소프라노는 아버지의 장례식날 어느 때보다 아름다운 무대를 선보이며 관객들의 기립박수를 받습니다. 마지막 앙코르곡 슈베르트의 '아베마리아'로 아버지를 추모하며 무대를 모두 마친 다음에야 눈물을 보이죠. 그리고 그날의 무대를 'For My Father'라는 이름으로 돌아가신 아버지에게 바칩니다.

신이 내린 목소리라고 칭송받는 세계적인 소프라노 조수미의 이야기입니다. 이날 앙코르 무대 중 하나였던 푸치니의 오페라 잔니 스키키 중 '오, 사랑하는 나의 아버지'는 두고두고 회

자되는 무대 중 하나입니다. 이런 일화를 들을 때마다 정말 음악은 잔인하기도 감동적이기도 하고 운명 같기도 인생 같기도 하다는 생각이 듭니다. 그리고 여기, 또 다른 지독한 운명에 휘둘리며 음악이 주는 고통과 감동을 온몸으로 받아내는 음악가들이 있습니다.

　세계적인 지휘자 아버지와 국내 유수의 오케스트라 소속 첼리스트 어머니 사이에서 태어나 본인의 의지와는 무관하게 어릴 적부터 첼로를 배우다가 포기해버린 소녀 와온. 그런 와온의 삶에 어느 날 새엄마 마유미가 들이닥치며 이야기는 시작됩니다. 어릴 적 갑작스럽게 어머니가 떠나버리고 애지중지기르던 카나리아 '토와'까지 날아가버린 후 바쁜 아버지와 둘이 살며 늘 혼자라는 생각에 외로웠던 와온. 첼로를 포기한 뒤로 의식적으로 클래식과 첼로를 외면하며 살다가 팀파니 같은 여자 마유미와 함께 지내면서 점점 변하고, 생각지 못한 시련을 겪으면서 친구들과 함께 성장합니다.
　『영원을 찾아서』는 평소 미술사와 관련된 소설을 주로 집필하는 하라다 마하가 모처럼 선보인 음악을 소재로 한 작품입니다. 애절하고 가슴이 뭉클해지는 음악 성장소설을 물기를 촉촉하게 머금은 수채화처럼 맑고 따뜻하게 그려냈습니다. 이 작품에는 소위 악역이라고 부를 만한 인물은 등장하지 않습니다. 하다못해 시기 질투하는 인물이 한 명이라도 등장할 법한데, 하나같이 자신의 재능, 자신의 음악, 자신의 인생을 올곧은 시선으로 마주하고 걸어가는 사람들만 등장하죠. 그리고 이 과정에서 작가는 다양한 형태와 사연을 지닌 어머니와 딸을 그립니다. 와온과 토키에, 마유미와 그녀의 어머니, 와온과 마유미. 각 모녀의 애달픈 사연과 음악을 통해 구현되는 애틋한 사랑을 따라가다 보면 어느새 뭉클하게 젖어 드는 감동을 느낍니다. 이 모녀들은 음악으로 닥친 시련을 음악으로 극복하며 음악을 통해 이해하며 성장합니다. 위로와 치유, 고통과 성장이라는 음악의 역할과 의미를 어머니와 딸이라는 가슴 절절한 관계와 절묘하게 엮어 풀어낸 작품이라고 생각합니다.

『영원을 찾아서』에는 바흐의 아름다운 곡들이 여럿 등장합니다. 바로크 음악을 대표하는 요한 제바스티안 바흐는 모두가 알다시피 '음악의 아버지'라고 불리는 작곡가입니다. 바흐는 대위법을 발전시켜 정점에 올려놓았고 평균율 클라비어곡집을 남기는 등 음악의 기본 형식을 마련한 인물로 실로 '아버지' 같은 인물입니다. 바흐의 평균율 클라비어곡집은, 이것만 있으면 세상의 음악이 전부 사라진다고 해도 다시 작곡할 수 있다고 할 정도로 서양음악사에서 매우 중요한 가치를 지니죠. 이처럼 바흐의 음악은 지난 시대 음악의 집결체이자 미래 시대 음악이 나아갈 방향을 제시한 하나의 이정표인 셈입니다. 사막에서 길잡이가 되는 북극성처럼, 망망대해를 비추는 등대처럼요. 『영원을 찾아서』를 읽으면서 '베토벤, 모차르트, 브람스, 쇼팽 등 수많은 음악가 중 왜 바흐일까?'라고 생각한 독자도 있을지 모르겠습니다. 저 역시 처음에는 그런 의문이 들었거든요. 작품 속에서 주인공 와온과 또 다른 주인공이라고 할 수 있는 마유미가 어둠 속에서 길을 잃고 헤맬 때 바흐의 'G선상의 아리아'와 '무반주 첼로 모음곡'을 연주하면서 깨달음을 얻고 자신만의 길을 찾아갑니다. 와온의 친구 아야토는 '골드베르크 변주곡'을 연주하고 나서 피아노를 향한 자신의 열망을 다시 한번 깨닫죠. 바흐의 음악이 그들 인생, 특히 음악 인생의 이정표 역할을 한 셈입니다. 이러한 점에서 '이정표'라는 상징성과 작품 속 바흐의 음악의 역할은 일맥상통합니다. 무엇보다도 맑은 수채화 같은 이 작품에 맑고 순수하고 경건한 바흐의 음악은 마치 배경음악처럼 잘 어울립니다. 특히 전설적인 바흐 스페셜리스트로 유명한 글렌 굴드의 젊은 시절 풍부한 표현이 돋보이는 '골드베르크 변주곡' 1955년 녹음반과, 마찬가지로 바흐 스페셜리스트인 안드라스 쉬프의 온화한 연주가 돋보이는 '평균율 클라비어곡집'이 무척 잘 어울린다고 생각했습니다.

'영원'이라는 단어만큼 추상적인 개념도 없겠죠. 영원의 의미에 대해 묻는 이 작품에서도 영원은 저마다 다른 의미를 지닙니다. 그리고 어려서부터 오랫동안 영원을 찾아 헤맸던 와온은 음악하는 행복을 깨달으면서 마침내 자신만의 '영원'을 발견합니다. '음악으로 함께 호흡하고 이해하는 순간'을 이해하면서 어려서는 날아가버려 놓쳤던 그것을 마침내 진심으로 품게 되죠. 그리고 음악으로 한층 더 깊어진 삶을 걸어가게 됩니다.

순간순간을 바쁘게 살아가는 삶이라는 악보에 잠깐의 쉼표를 그리듯, 영원불멸한 바흐의 선율에 귀를 기울이며 자신만의 '영원'을 찾아보는 것은 어떨까요?

여러분의 '영원'은 무엇인가요?

2021 가을
문지원

영원을 찾아서

1판 1쇄 인쇄 2021년 10월 21일
1판 1쇄 발행 2021년 10월 28일

지은이 하라다 마하 **옮긴이** 문지원
책임편집 민현주 **디자인** 강수정 **제작** 송승욱 **발행인** 송호준

발행처 블루홀식스 **출판등록** 2016년 4월 5일 제 2016-000100호
주소 경기도 파주시 회동길 483-1 **전화** 031-955-9777 **팩스** 031-955-9779
이메일 blueholesix@naver.com

ISBN 979-11-89571-60-3